La collection « Ado » est dirigée par
Claude Bolduc, Michel Lavoie
et Benoît Tolszczuk

Évasions !

Évasions !

Sous la direction de Michel Lavoie

Données de catalogage avant publication (Canada)

Vedette principale au titre :
Évasions !

(Nouvelles ado ; 38. Prix littéraire jeunesse Outaouais)

ISBN 2-89537-036-2

I. Écrits d'adolescents canadiens-français – Québec (Province) – Outaouais. 2. Nouvelles canadiennes-françaises – Québec (Province) – Outaouais. 3. Roman canadien-français – 21e siècle. I. Lavoie, Michel, 1946- . II. Collection : Roman ado ; 38. III. Collection : Roman ado. Prix littéraire jeunesse Outaouais.

PS8329.5.Q4E92 2001   jC843'.010806   C2001-941030-1
PS9329.5.Q4E92 2001
PZ21.E92 2001

Nous remercions le Conseil des Arts du Canada de l'aide accordée à notre programme de publication. Nous reconnaissons l'aide financière du gouvernement du Canada par l'entremise du Programme d'Aide au Développement de l'Industrie de l'Édition (PADIÉ) pour nos activités d'édition. Nous remercions également la Société de développement des industries culturelles, ainsi que la Ville de Hull.

Dépôt légal — Bibliothèque nationale du Québec, 2001
           Bibliothèque nationale du Canada, 2001

Révision : Raymond Savard
Correction d'épreuves : Renée Labat
Infographie : Christian Quesnel

Éditions Vents d'Ouest   Diffusion Canada :
185, rue Eddy   PROLOGUE INC.
Hull (Québec) J8X 2X2   Téléphone :
Téléphone :   (819) 770-6377   (450) 434-0306
Télécopieur : (819) 770-0559   Télécopieur :
Courriel :   ventsoue@magi.com (450) 434-2627

Introduction

ÉVASION !
Le mot a retenti haut et fort dans l'imaginaire des jeunes de l'Outaouais québécois et de l'Est ontarien. Et il a fait surgir des images de toutes sortes, des fuites vers des ailleurs bigarrés, des sauts vers l'infini, des courses folles au bonheur, des avenues sans fin ou, pire, avec une fin qu'on aurait voulu éloigner à jamais.

Qui d'entre nous n'a rêvé de s'évader de ses tristesses, de sa souffrance, de ses haines ou, même, de ses amours ? Quand à l'orée de l'âme éclatent des sentiments si puissants qu'ils risquent de dévorer notre être, quand notre intelligence se nourrit de faux-fuyants de crainte de sombrer dans la folie et que tout notre corps s'arc-boute, arrogant, dans un ultime défi, l'instant est venu de dresser des frontières pour mieux les défoncer. Alors, Évasion s'impose à ses victimes, les maintient clouées au sol, puis les inonde d'étincelles d'espoir. Certains trouveront la porte de sortie, d'autres resteront éternellement prisonniers du labyrinthe de la peur, de la honte et de la haine.

Dix adolescentes ont tissé pour vous, chers lecteurs et chères lectrices, un univers troublant dans lequel les sourires côtoient les nausées, les embrassades voisinent la cruauté, l'honneur transgresse la traîtrise. Elles se sont cloîtrées dans leur bulle créatrice et ont laissé libre cours à leurs souvenirs intimes, à leur tendresse ou à leur soif de vengeance, hypocritement camouflées derrière des personnages parfois énigmatiques, parfois criants de vérité.

La première édition du *Prix littéraire Jeunesse Outaouais* aura permis de découvrir des talents exceptionnels, des jeunes qui dans un avenir rapproché tapisseront de leurs écrits la mosaïque littéraire de chez nous. Parrainé par le journal *Voir Outaouais* et les Éditions Vents d'Ouest, le concours vise essentiellement à promouvoir la lecture et l'écriture chez les adolescents. Dans une francophonie en perpétuelle mouvance, il est vital que nos jeunes auteur-es puissent partager leur vision du monde, les fruits de leur imagination débridée et leur intense désir de prendre la place qui leur revient de plein droit.

En leur nom, je vous souhaite un beau voyage, une superbe évasion dans leur univers.

Michel Lavoie

Le chemin des Dames

Isabelle Sasseville

« CE SOIR, l'Amphithéâtre national aura l'insigne honneur de recevoir Dorian Cooper, le prestidigitateur de renommée mondiale qui, après avoir parcouru l'Europe et l'Asie, amorce une tournée au Canada et aux États-Unis avant de faire un saut en Australie où il terminera sa série de spectacles.

L'illusionniste de grand talent exécutera plusieurs tours célèbres dont son fameux numéro : *L'Évasion de la Dame de Fer*. Évidemment, son spectacle est présenté à guichets fermés. Et maintenant, voici le plus récent succès de… »

Bunny éteignit la radio d'un geste brusque, excédée par la voix irritante du lecteur de la chronique artistique. Baignée de lumière projetée par les ampoules qui encadraient les miroirs, la loge exiguë lui servait de refuge quand la tempête grondait dans sa tête.

Elle brossa ses cheveux blonds, se maquilla et souligna son regard outremer de poudre scintillante et de khôl. Ensuite, elle rougit ses lèvres et blanchit ses joues, tout en essayant de dénouer les nœuds qui s'étaient formés au creux de son estomac. Elle enfila son maillot de paillettes bleues orné d'un pompon de fourrure blanche au derrière et son serre-tête garni de longues oreilles.

Bunny ne pouvait s'empêcher de sourire à l'idée que son prénom (à l'origine Bonnie) n'ait pas été associé à la peu banale épouse du gangster Clyde, mais au mignon petit animal, rongeur de premier ordre, devenu son pseudonyme. Elle s'efforçait de s'imbiber de pensées positives pour calmer l'énervement mêlé de mépris qu'elle éprouvait à regarder entrer des livreurs aux mains pleines de fleurs et de peluches, cadeaux destinés à « Monsieur le Magicien » !

Heureusement, un livreur vint lui remettre deux gerbes. Elle prit la carte du premier.

« Bonne chance, ma chérie ! De tout cœur avec toi, papa et maman. »

Elle en lut une seconde :

« Félicitations ! Nous t'adorons, Millie et Justin. »

Leurs cartes pastel étaient bien jolies, mais n'enlevaient rien au fait qu'ils la considéraient comme une vulgaire assistante qui devait jouer les seconds rôles.

Révoltée, elle chiffonna les deux cartes. Certes, personne ne pouvait rester indifférent auprès de Dorian, surtout sa collaboratrice la plus précieuse. Ils s'étaient rapprochés au fil des répétitions au point que le maître avait décidé naturellement de la choisir pour exécuter avec lui le tour de *L'Évasion de la Dame de Fer*.

Bunny aspirait tellement à maîtriser l'art de la prestidigitation que le magicien lui avait enseigné quelques tours, et sa présence était de plus en plus nécessaire pour des numéros exigeant une souplesse et une précision extrêmes. L'art de l'illusion comportait une grande part de risques et Bunny était consciente des efforts que déployait Dorian à rendre ses numéros plus vrais que nature. Il y avait de véritables pieux acérés dans la Dame de Fer. C'est la raison pour laquelle Dorian avait cru bon de s'entourer d'un ange gardien. Il avait recruté Ellen Sherwood, une deuxième assistante de grand talent. Elle devint leur bourreau attitré. Elle les ligotait l'un à l'autre, soir après soir, à l'aide de liens de cuir apparemment très solides. Puis, elle tournait la manivelle du sarcophage meurtrier aux courbes voluptueuses dans laquelle elle avait enfermé Dorian et son adjointe. Ils s'en libéraient juste à temps par une trappe dissimulée derrière la dame et réintégraient celle-ci lorsque les pointes acérées leur permettaient assez d'espace pour le faire. À la fin du numéro, ils réapparaissaient indemnes sous les yeux ébahis des spectateurs.

Malgré sa grande amabilité, Ellen semblait un peu bizarre. Secrète, elle parlait peu à l'équipe de production, sauf à l'illusionniste et à Bunny. Elle blaguait rarement et affichait la plupart du temps une moue dédaigneuse.

Tout le monde trouvait que la bonne humeur de Bunny contrastait avec le mutisme de l'énigmatique Ellen.

Du fond de sa loge, figée devant le miroir, Bunny pouvait entendre la foule qui s'agitait. À la pendule, il ne restait plus qu'un quart d'heure avant son entrée en scène. Elle but un grand verre d'eau, puis se mit à mordiller l'ongle de son pouce droit, se souciant comme d'une guigne de gâcher ses mains manucurées. Soudain, on frappa à sa porte.

– Entrez ! s'exclama-t-elle dans un sursaut.

– Dépêche-toi ! s'écria Ellen, une main appuyée sur le chambranle de la porte. Ça fait cinq minutes qu'on t'attend dans les coulisses !

Bunny remarqua alors que les cris de la foule s'intensifiaient. On eût dit que le temps était suspendu.

Son entrée ! Elle se précipita et dévala l'escalier à toute vitesse. Ellen, vêtue d'un ensemble de cuir noir, lui marchait sur les talons. Le souffle court, elles arrivèrent toutes deux dans les coulisses au moment où les lumières s'éteignaient. Le spectacle débuta.

Bunny assista Dorian durant toute la première partie. Son esprit était occupé par l'exécution du numéro d'évasion qui devait clôturer le spectacle. Elle vit à peine le temps passer. Le magicien menait de main de maître la mise en scène des grands classiques de la magie. L'entracte lui parut tout aussi court. Après une mise au point de la costumière qui aurait préféré un changement de costume pour la deuxième partie, la jeune femme se précipita dans sa loge pour y prendre un verre d'eau. Elle faillit entrer en collision avec Dorian qui en sortait, visiblement embarrassé. Afin de dissimuler son malaise, il lui lança une boutade :

— Prête à te faire transpercer ?

Bunny lui sourit tendrement.

— Non, pas ce soir. Je compte bien m'évader à temps. Comme d'habitude.

— Évidemment, acquiesça Dorian.

Ils se regardèrent un long moment sans rien ajouter. En détournant le regard, Bunny remarqua qu'il y avait sur son bureau une branche de muguet et une enveloppe couleur crème.

— Bonne chance, lui murmura le magicien.

Il fit un signe de la main et s'en alla d'un pas sûr. D'une main tremblante, la jeune femme prit l'enveloppe encore imprégnée de l'odeur enivrante du muguet. Elle la retourna plusieurs fois avant de se décider à en lire le contenu. Elle n'était pas cachetée et Bunny n'eut aucune difficulté à extraire le rabat de l'intérieur de l'enveloppe. Elle contenait une carte de la même couleur, ornée d'un ruban de satin blanc. Elle l'ouvrit. À l'intérieur, une fine écriture noire résumait toutes ces heures passées ensemble dans la Dame de fer, côte à côte, en parfaite symbiose. Une signature accompagnait ces mots que Bunny espérait depuis leur première rencontre :

« Je t'aime… »

Ils lui firent l'effet d'une caresse. Ils signifiaient que Dorian avait renié sa prétendue fiancée de Toronto. Tous les deux vivraient en parfaite harmonie, emplis d'espoir, de projets fous.

Dans la salle, l'agitation reprenait de plus belle. En flottant sur un nuage rose, la jeune femme se dirigea vers les coulisses. Elle aperçut Ellen qui furetait du côté des loges, en proie à une vive excitation. « La nervosité », conclut-elle.

La deuxième partie du spectacle parut durer une éternité. La tension devenait insupportable. Même le Bourreau semblait animé d'une énergie euphorique. Ellen tournait en rond, telle une chatte prête à bondir, lissant de ses longs ongles ses cheveux rouges rassemblés en une fontaine sur le dessus de sa tête. L'anxiété avait atteint son paroxysme quand on apporta l'instrument de torture.

Puis le rideau se leva.

Dorian était déjà arrivé sur scène, en sueur sous les projecteurs. Bunny prit une profonde inspiration et apparut à son tour près d'un paravent. Une mélodie aux harmonies fluides accompagnait ses moindres mouvements. Elle contourna le paravent et, pivotant sur elle-même, se dirigea langoureusement vers le maître d'illusions. Il prit doucement son visage dans ses mains et entreprit d'exécuter une série de gestes mystérieux autour de Bunny qui jouait le jeu. Elle se laissait ensorceler par les yeux clairs de l'illusionniste dont les mains étaient plus caressantes qu'à l'habitude.

Après que Dorian eut transpercé un ballon gonflé d'hélium sur un des pieux pour prouver que ceux-ci étaient bien effilés, le Bourreau fit son apparition. À partir de ce moment-là, tout devait se jouer très vite. D'abord, Ellen entraîna le magicien, qui prit place au fond de la Dame de Fer, attaché aux extrémités par des chaînes truquées. Ensuite, elle conduisit Bunny, hypnotisée par le charme du prestidigitateur, et l'attacha avec les mêmes chaînes face au magicien, leurs têtes se touchant presque.

Quand Ellen referma le couvercle, Bunny sentit un frisson parcourir tout son être. Elle sursauta au bruit des verrous qui s'enclenchaient. La musique devint plus intense et Bunny pouvait ressentir jusque dans la Dame de Fer la peur grandissante de l'auditoire.

Dorian patienta un peu puis lui chuchota :
– Un, deux, trois.

Ils commencèrent à détacher leurs liens. Bunny étira une jambe et le verrou se rétracta. Au même moment, Ellen commença à tourner la manivelle qui resserrait la forme meurtrière sur le couple. Dorian retira un bras puis l'autre et poussa la trappe derrière lui pour s'y engouffrer.

Bunny dégagea l'autre jambe et son bras gauche. L'étau se resserrait de plus en plus. Elle tenta de retirer son bras droit, mais il ne bougea pas. La chaîne restait en place. Horrifiée, Bunny tira avec plus de force, en faisant attention de ne pas heurter les pointes meurtrières. Peine perdue. Si elle ne se détachait pas rapidement, elle allait être broyée par la Dame de Fer. Elle voulait hurler mais aucun son ne sortait de sa gorge.

Les pieux n'étaient plus qu'à quelques centimètres de son visage quand elle aperçut un bout de papier accroché à la chaîne de son bras. Il y avait une petite carte pastel semblable à celles qui accompagnaient les bouquets de fleurs qu'elle recevait en cadeau. Un filet de lumière pénétrait par une fente dans la Dame de Fer. Bunny put ainsi déchiffrer le message :

Chère Bunny,

Ta naïveté aura causé ta perte. Tu croyais me voler mon amour ? Erreur stupide ! ma chère. Dorian m'appartient pour toujours. Ici et maintenant commence ton chemin des Dames. Le mien s'arrête où débute le tien.

Le Bourreau

Une coulée de sueur froide atteignit son échine. Puis un liquide chaud et poisseux inonda son visage. Le sang coula sur ses lèvres, se mêlant au flot de bile qui lui remontait dans la gorge au fur et à mesure que les pieux de son cercueil de fer la transperçaient.

Ellen tourna la manivelle une autre fois et un rictus démentiel se dessina sous son masque de bourreau.

Enfin Bunny était morte !

Ellen connaîtrait le bonheur exquis de consoler Dorian et de poursuivre la série de spectacles à ses côtés. Quant à la petite carte pastel, elle n'avait pas à s'inquiéter outre mesure. Personne ne la trouverait puisqu'elle s'en emparerait bien avant que les policiers puissent s'approcher. Mais en attendant, elle continuait de tourner la manivelle. Elle la tournerait jusqu'à ce qu'elle entende craquer les os.

Die wahr Hoffnung

(L'espérance véritable)

Miriam Kimpton

On doit frapper à mort l'espérance
terrestre, c'est alors seulement qu'on
se sauve par l'espérance véritable.
KIERKEGAARD

Octobre 1916

C'était un soir sans lune. L'obscurité semblait avaler tout l'horizon. Le dirigeable naviguait en toute quiétude. Sa coque d'argent remplaçait l'astre absent d'un ciel trop calme. Il flottait, couvert d'ombres, silencieux. On n'entendait que le bruit des moteurs.

De la plate-forme de tir au sommet de la coque, un soldat contemplait l'Essex qui apparaissait sous lui. Le froid transperçait ses vêtements, collait à sa peau. Malgré ses gants de cuir molletonnés, ses mains cramponnées à la mitrailleuse gelaient.

Le zeppelin déchirait le temps et l'espace. Le tireur tremblotait. Ses yeux larmoyaient à chaque bourrasque, mais cela lui importait peu. Le vent transportait toujours l'odeur des hautes altitudes. En bas, le paysage se modifiait constamment. L'aérostier eût pu admirer toutes ces splendeurs, mais il s'abandonnait à son destin, passager aveugle d'une horrible machine de guerre qui se dirigeait vers Londres.

Seul le sifflement du vent l'accompagnait dans son long périple, lui insufflant l'espoir de parvenir à bon port et l'enivrant d'insouciance et de liberté.

En cette nuit fatidique, un nuage de ballons chargés de tonnes d'obus annonçait un raid sur la capitale anglaise.

Londres s'étalait sous la nuée de zeppelins. Dans les rues, la lumière était rare. Le raid frappa la ville endormie de toute sa puissance destructrice. Les obus tombaient ici et là, au hasard.

De son poste, le soldat observait les flammes se nourrir de chair et de bois. Les clameurs montaient jusqu'à lui, intemporelles. Une scène incroyable se déroulait sous ses yeux, semblable à une tempête en haute mer.

Soudain, il entendit des crépitements. Le souffle court, l'aérostier scruta les alentours, défiant de sa mitrailleuse chacun des points cardinaux. Horreur ! Trois avions ennemis fonçaient sur le ballon. La présence des zeppelins avait été repérée à cause de la fumée qui s'échappait des moteurs.

Les trois appareils avaient trouvé sur leur route un monstre de la nuit.

Le visage crispé, le soldat serra fermement la gâchette. Aussitôt, l'arme vomit une rafale qui déchira l'obscurité.

Son cœur s'affolait dans sa poitrine au rythme déchaîné des douilles qui tombaient à ses pieds. Une intense lueur creva le ciel. Il ne restait plus que deux avions de la RAF.

Au sol, les clameurs grondaient de plus en plus fort. L'un des deux avions ennemis pivota soudain vers la gauche, hors de vue, afin d'avoir un meilleur angle de tir, tandis que l'autre prit de l'altitude. En retombant presque en chute libre, ce dernier s'attaqua avec audace à la coque de la machine volante. L'artilleur le défia de son arme, ne quittant jamais des yeux cet ennemi qu'il avait appris à haïr depuis le début de la guerre.

D'un côté comme de l'autre, le fracas des armes éclata. Défiant la mort, l'avion continuait sa plongée vers le dirigeable. Au moment ultime, le pilote, ne pouvant braver plus longtemps le destin vers lequel il se lançait à haute vitesse, manœuvra vers la droite et l'évita de justesse.

Jamais l'artilleur ne s'abandonna à la peur, à cette faiblesse qu'on lui avait appris à détester. Mais le courage n'avait rien à voir dans tout cela. La froidure de la haute altitude avait provoqué en lui une apathie profonde.

Il tourna la tête pour voir s'éloigner les deux avions. Leur grâce diffuse l'imprégna d'une soudaine langueur. Pendant un bref instant, il se surprit à souhaiter de se trouver dans l'un de ces deux avions. Il eût voulu s'envoler vers l'inconnu, armé d'une confiance aveugle, tant et aussi longtemps que, sous lui, la terre changerait de visage.

Voler ainsi à bord du dirigeable l'exaltait. Il se sentait comme un homme enchaîné à la cale d'un navire voguant vers le Nouveau Monde. Tout ce qu'il pouvait espérer dans cette condition, c'était que le navire fasse naufrage avant de toucher terre, avant qu'il redevienne esclave. Il espérait échapper à son destin. Et le soldat, les mains toujours crispées sur la mitrailleuse, se rendait compte que son navire allait faire naufrage. L'angoisse s'empara de lui, atroce, destructrice.

Il perdait le contrôle de son destin.

Bien sûr, il avait été aveugle. Mais le vent glacial qui fouettait sa figure, quoique cruel, le rendait indifférent à son sort. Et maintenant, c'était l'angoisse, une angoisse née d'une foi aveugle.

L'artillerie ennemie avait détruit trois chambres à hydrogène. Le zeppelin était devenu une immense bombe prête à exploser d'un moment à l'autre. Il n'entendait plus que sa respiration. Mais l'explosion ne se produisait point et le dirigeable perdait de l'altitude, semblant flotter doucement. Lorsqu'il heurta le sol, le choc fut si brutal que l'artilleur fut projeté à des mètres plus loin.

Du sang coulait de sa bouche. La douleur engourdissait ses sens. Le regard flou, il leva la tête pour tenter de découvrir la provenance du vacarme qui résonnait gravement en lui. Les clameurs l'imprégnaient tout entier.

La scène qui se déroulait sous ses yeux semblait irréelle. Le centre de Londres était à feu et à sang. Un soldat venu du ciel attendait la mort. Sa haine s'estompa à cet instant ! Lorsque le souffle rejoint le vide, la haine propagée par une force supérieure est une passion bien trop exigeante pour se nourrir d'elle-même.

Il s'efforça d'inspirer profondément et la poussière de la rue obstrua sa gorge, cette même poussière dans laquelle avait joué un enfant, la poussière qui maintenant se mêlait au sang des malheureuses victimes.

La mort guettait le soldat. La cause pour laquelle il avait combattu se poursuivrait sans lui. Elle se moquait de lui. Comme il était devenu inutile !

Tout à coup, un homme s'affala près de lui. Un soldat anglais ! Il était terrifié. L'inconnu le supplia de l'aider. Mais comment pouvait-il lui venir en aide ? Alors, une idée germa dans son esprit. Il allait en faire son compagnon de mort. À la pensée qu'il n'était plus seul, le soldat se réjouit.

– *Oh God ! Oh God !* s'écria l'inconnu, en proie à une vive excitation.

Le soldat allemand ne comprit pas ce qu'il voulait dire, mais il ressentait toute la force avec laquelle l'Anglais voulait s'abandonner à la puissance de ces mots. Il désirait se perdre dans la confiance aveugle, pour ne plus souffrir, pour ne plus être conscient de la fuite du temps. De son dirigeable, il avait toujours contemplé la guerre de haut. Et là, pour la première fois, il était témoin de la souffrance en chair et en os.

Il admirait l'intensité avec laquelle l'homme avait prononcé ces mots et la foi qui s'en dégageait. Cependant, pour ce soldat, le vent qui soufflait ne dégageait que l'odeur de la poussière. Il n'était plus aveugle. En cet instant, il eût donné n'importe quoi pour se perdre à nouveau… aveuglément. Mais il n'avait rien à offrir, sauf peut-être le souffle que la vie s'efforçait de lui ravir. C'est elle qui le lui avait donné, c'est elle qui allait maintenant le lui arracher, tel un vautour qui dévore sa proie. Tout cela semblait cruel au soldat qui observait le mourant.

Les clameurs l'étouffaient. Il ne se sentait pas prêt à les affronter.

Il s'enchaîna donc à l'homme, comme il s'était enchaîné auparavant à son navire, puisqu'il avait peur des eaux grondantes. Bien sûr, son cœur espérait voir celui-ci couler, comme tous les autres, afin de se défaire de ses chaînes. Mais le soldat, lui, savait trop bien que ces chaînes étaient le lien unique qui le rattachait au navire, le seul à pouvoir affronter les eaux. Il mourrait donc enchaîné. D'une façon ou d'une autre, ce destin lui paraissait inévitable. Quand on est esclave trop longtemps, on s'habitue aux plaies que causent les chaînes aux poignets. C'est l'espoir qui commande les chaînes et il devient très difficile de s'en défaire. C'est seulement quand le désespoir l'envahit que l'esclave espère vraiment s'évader.

Et le soldat espérait les chaînes. Il espérait que la tempête s'éloigne et que les clameurs s'assourdissent. Mais l'angoisse l'empoigna de toute sa fureur.

– *Oh God ! Oh God !* hurla l'Anglais.

Cette fois, l'Allemand ne perçut rien d'autre que de la supplication. Lui aussi, son navire sombrait. Il tentait de s'accrocher afin de ne pas se noyer, mais son souffle avait des ratés.

– Espère-t-il, à son tour, les chaînes ? se demanda le soldat.

Son navire était devenu une épave. Son impuissance le força, comme l'autre, à implorer le destin. Mais seul le vide l'entendait. L'espoir l'avait déserté.

L'Anglais le fixait d'un regard suppliant. Il lui tendit la main malgré la douleur que ce simple geste lui causait. L'homme la serra comme un enfant apeuré serre la main de son père. L'aérostier comprit que les prières de l'homme ne pouvaient lui suffire en cet instant. Il avait besoin d'un réconfort réel, humain, que ses yeux aveugles eussent pu reconnaître.

Les clameurs transportèrent le soldat dans un autre monde.

N'ayant plus rien pour le retenir, il se noyait. Cependant, il n'avait plus peur. Les eaux revêtaient la couleur de l'émeraude, celle de l'espoir. Il avait brisé ses chaînes et s'envolait vers un ailleurs, plus authentique.

Die wahr Hoffnung, l'espoir véritable.

Le raid était terminé. Les zeppelins indemnes s'en retournaient, accompagnés d'un lourd silence. Au centre de Londres en deuil, un soldat était mort.

Et les clameurs s'apaisèrent.

Prisonnière

Marie-Ève Ouellette

Q UEL MALHEUR !
Le désespoir m'envahit. Emprisonnée !
Moi ! Moi qui jouissais de ma précieuse liberté,
sans me soucier, sans penser qu'elle pourrait un
jour m'être enlevée et ensuite jetée au vent comme
ces feuilles d'automne balayées par la brise.

Quelle misère !

Je ne sais plus que faire…

Tout s'est passé si vite ; je me souviens à
peine des détails. Il y a un instant, je me prome-
nais, libre comme je l'ai toujours été, quand,
soudain, je me suis rendu compte que des
murs s'érigeaient autour de moi. J'ai paniqué.
J'ai contourné les murs à la recherche d'une
sortie, mais j'ai enfin compris avec terreur que
j'étais prisonnière.

D'une véritable prison !

J'ignore qui m'a enfermée dans cet enfer.
Je sais encore moins qui a le pouvoir de m'en

délivrer. Oh ! j'ai essayé de m'enfuir, croyez-moi. J'ai passé ce qui me semble être des heures interminables à tenter de dénicher une issue. Mais mes espoirs d'évasion ont lamentablement échoué. À un moment donné, j'ai été prise d'une rage folle. J'ai hurlé et je me suis lancée sur les parois en les martelant de toutes mes forces.

Je ne saurais décrire cet enfer dans lequel on m'a enfermée. C'est tellement froid que je ressens constamment un courant d'air glacial qui me transperce le corps et l'âme.

Les murs de ma prison sont gigantesques. Ils m'étouffent. Je me sens comme si, d'un instant à l'autre, ils allaient s'écrouler et m'écraser.

Ce serait peut-être mieux ainsi.

Je vais mourir, je le sens au plus profond de mes tripes. Personne n'est venu me voir, personne ne m'a expliqué ma présence dans cet endroit, personne ne m'a dit pourquoi on m'a emprisonnée. Mais qu'ai-je fait de si répréhensible ? Je n'ai jamais causé de tort à quiconque. Comment concevoir qu'il existe un être capable de tant de méchanceté ?

Je suis si jeune. Il est impensable que des gens me détestent, moi qui ai toujours vécu paisiblement, honorablement même. J'aimais la vie. Je vivais parfois seule, parfois avec mes amis, parfois avec ma famille.

Personne n'appréciait la liberté comme moi. Je me plaisais à gambader innocemment, à goûter la douce brise sur mon visage, la chaleur réconfortante du soleil sur mon dos.

Toutes ces beautés m'enivraient. Je n'aurais jamais cru perdre ces grands bonheurs en un rien de temps.

Ce monde me semblait sans danger. Mais cette illusion est devenue ma défaite. Je suis victime de la haine et de la cruauté qui empoisonnent notre univers.

Aucun être vivant ne mérite un tel supplice.

Pourtant, on m'a légué ce destin pénible, ce maudit supplice qui peu à peu déchire mon cœur, atrophie mon corps, vide petit à petit mon âme de toutes ses forces. Je commence à croire que personne ne mérite ma confiance. J'ignore toujours qui m'a enfermée ici. Si je m'en sors, comment pourrai-je encore avoir confiance en la vie ? Comment même songer à aimer dans ce monde flétri, blasé, souillé, qui réserve un sort si cruel à une si pauvre créature ?

Je faiblis à chaque seconde. L'oxygène se raréfie dans cette prison. Je martèle ses parois et je me jette telle une enragée contre elles, comme si au fond de moi scintillait toujours l'espoir de briser les murs qui me retiennent.

Je n'arrive même plus à me débattre.

Il me semble voir à travers les murs. Je distingue des formes qui bougent, qui dansent, qui font du bruit. Je me mets à hurler comme une démone, mais personne n'entend mes cris, mes pleurs.

Personne ne veut m'aider ! Je veux fuir ! Exister !

Je respire avec peine. Est-ce que mon bourreau est le moindrement préoccupé par ma survie ? S'imagine-t-il qu'il va me laisser pourrir dans cette prison ? Mourir seule, sans mes amis, sans ma famille !

Je donnerais n'importe quoi pour apercevoir un visage familier.

N'importe qui… Juste un visage !

Je ne veux pas mourir seule…

Ah ! si seulement je pouvais espérer un tant soit peu être secourue ! Je pourrais faire preuve de bravoure et attendre des secours. Mais non ! Comment pourrait-on savoir où je suis ? Il est probable que personne n'a vu où je suis enfermée. On m'aurait aidée depuis longtemps déjà.

J'agonise à petit feu.

Seule.

Mon geôlier n'a pas daigné venir me visiter une seule fois. Même pas pour me dévoiler la raison de mon incarcération. Encore moins pour me donner à manger ou pour m'offrir à boire, ni pour venir prendre conscience de ma douleur. Même pas pour rire de moi, pour me regarder de ses yeux moqueurs, remplis de rage et de laideur.

Le temps s'écoule si lentement… mais aussi à vive allure. Il me semble que chaque seconde dure une éternité. Tout mon être est en train d'éclater.

Serait-ce la folie ou la mort qui s'infiltre en moi ?

Non ! Va-t'en ! Je ne veux pas de toi ! Bien sûr, je sais que tu apaiseras mes souffrances. Je devrais t'ouvrir grands les bras et te laisser me prendre. À défaut de m'évader de cette prison, je m'évaderais de ma prison de chair.

Non ! C'est ridicule ! Je refuse de mourir. Tant que je garde espoir, je peux vaincre mon destin !

Aïe ! Est-ce que je rêve ? Quelqu'un s'approche de moi. Je ne peux pas le voir, mais j'entends ses pas, comme de la musique à mes oreilles.

Enfin ! Je peux respirer. Je sens de la chaleur, je perçois la lumière du jour !

Libre ! Oui ! Ma prison s'ouvre toute grande ! Je ne peux identifier mon libérateur, j'ai à peine le temps de le remercier. Je m'enfuis aussi rapidement que mon corps me le permet.

Oh ! merci ! merci !

Liberté. Je m'abreuve de ce mot comme si c'était une fontaine d'eau fraîche après la traversée du désert.

Je suis vivante, je bois la liberté.

Une voix rude s'élève brusquement...

– Tiens, maudite fatigante ! Va-t'en maintenant !

... suivie d'une voix douce :

– Jacques ? Qu'est-ce tu fais ?

– Ah ! rien de grave. J'ai ouvert la fenêtre. Il y avait une mouche prisonnière entre les deux vitres.

Une vie à jamais

Maria Stefanescu

« *VOILÀ ce que je cherchais* », *dit une voix douce et claire. Une main se tend vers un cahier dont l'inscription dorée affiche le nom Isabelle Hébert. La main ouvre le cahier et...*

26 octobre 1997

Tendre jour qui a exaucé mes rêves. Voilà la description parfaite de celui qui s'achève ce soir. Bien qu'épuisée par l'école et le travail, je ne peux m'empêcher d'aimer mon aujourd'hui. C'est celui dont j'ai tant rêvé. Cet après-midi, en allant faire mes emplettes, j'ai rencontré un jeune homme tout simplement charmant. J'étais si subjuguée par ses yeux bleus que j'ai provoqué un accident et dé-foncé la colonne des pots de café Maxwell dans l'allée numéro quinze. En m'aidant à replacer les contenants de café sur l'étagère, il s'est présenté. Il se nomme Gabriel. Nous avons discuté pendant un long moment, puis nous sommes partis chacun de notre côté. Cette rencontre restera gravée dans ma mémoire comme un film, même si tout s'est passé très vite. J'espère le revoir un jour.

Isa

1er novembre 1997

Aujourd'hui, dimanche, je suis allée au cinéma avec Mélissa et Marie-Christine. Nous nous sommes bien amusées. Mélissa, comme d'habitude, a attiré les regards des garçons. Marie-Christine a raconté des blagues et moi, j'ai savouré ces moments de bonheur. En sortant du cinéma, je suis tombée sur Gabriel. Dans la demi-obscurité, il semblait plus âgé et plus rebelle que lors de notre première rencontre. Je lui ai présenté mes amies, et il s'est montré très poli envers elles. J'ai remarqué qu'il n'avait d'yeux que pour moi seule. Avec un sublime sourire aux lèvres, il m'a invitée à boire un café. Quand le mot « café » a été prononcé, je me suis esclaffée. Puis, il m'a suivie dans mon rire absurde incompris de mes amies…

Sautant quelques lignes, le lecteur semble nerveux.

Gabriel, quel beau nom pour un petit ami ! Surtout lorsqu'il est de trois ans plus vieux que moi.

Le lecteur néglige quelques pages.

26 décembre 1997
Noël est la plus belle fête puisque je la passe au chalet de Gabriel. La vie est merveilleuse ! J'aime Gabriel...
Isa

Le lecteur, de plus en plus nerveux, saute des mots, des lignes et des dates. Brusquement, il s'arrête à la date du 25 janvier 1998.

25 janvier 1998
Je suis enceinte ! Je ressentais des malaises et j'ai consulté mon médecin : diagnostic confirmé. J'ai failli hurler. Je suis sortie en courant. Je devais aller voir Gabriel d'urgence. Il pourrait me soutenir, me conseiller.

J'ai couru si rapidement qu'en arrivant devant la terrasse enneigée où je devais le retrouver, j'ai trébuché et me suis affalée au sol. Gabriel m'a vue et est venu m'aider à me relever.

Les larmes aux yeux, je lui ai dévoilé mon état. Il paraissait encore plus bouleversé que moi. Cependant, il m'a réconfortée d'un sourire et m'a promis de... régler mon problème !

Son sourire si tendre m'a captivée. Je l'aimais encore plus.
Isa

7 février 1998

Régler mon problème ! Je suis enceinte, et il me quitte ! Il m'a laissé une lettre d'excuses et 1 500 $ pour un avortement dans une clinique privée.

Quel être insensible ! J'avais confiance en lui, et il m'abandonnait dans la tourmente. Je voulais garder mon enfant, mais comment aurais-je pu en prendre soin ? Je ne parvenais même pas à prendre soin de moi. J'avais une vie à vivre…

Isa

15 février 1998

Je garde mon bébé, c'est décidé ! Il sera avec moi, et nous vivrons ensemble, avec ou sans Gabriel. Toute la semaine, je n'ai pas pu dormir ; je n'ai fait que penser à ce petit être qui grandit en moi. J'ai décidé de le garder, car il mérite la vie. Il ne vivra pas dans l'opulence, mais il jouira de l'amour d'une mère. Je me sens de plus en plus confiante. Certes, j'ai mal d'avoir été abandonnée par Gabriel, mais nous n'étions pas faits l'un pour l'autre. Maintenant, il me reste une étape à franchir : annoncer la nouvelle à mes parents, leur avouer que je suis enceinte et que je veux garder mon bébé.

Isa

Le lecteur semble plus calme. Il saute quelques pages et se rend à la première date du mois suivant.

2 mars 1998

Je suis exténuée. Depuis que papa m'a expulsée de la maison parce que j'ai choisi de garder mon enfant, je dois travailler. J'habite un petit appartement au coin du métro Sauvé, au nord de Montréal. C'est un bel endroit, à part le cimetière situé juste en face ! À la naissance de mon bébé, je déménagerai rue Merritt. J'ai déniché la maison parfaite pour deux personnes. Il faut que j'économise afin de pouvoir payer le loyer. Mélissa a promis qu'elle allait m'aider. Elle vient me visiter à l'occasion. Tous mes autres amis m'ont délaissée depuis qu'ils savent que je suis enceinte. Ils ont honte d'être vus en ma présence.

Même s'il m'arrive de sentir un grand vide, comme si j'avais tout perdu, je me rends compte que mon bébé grandit en moi. Je prends du poids chaque jour et je suis bien dans ma peau.

Isa

Le lecteur va ensuite à une date au hasard du mois suivant.

2 avril 1998

Je me trouve énorme ! Je n'ai pas hâte à mon neuvième mois. La peau qui recouvre mon ventre est si tendue que je peux voir mes veines. Avec le travail et l'école, je suis de plus en plus fatiguée. Ce matin, j'ai reçu une lettre de Gabriel. Il vient à Montréal la semaine prochaine et il veut me rencontrer. Est-ce que moi, je veux le voir ?

Isa

Le lecteur cherche quelques instants dans le journal, puis s'arrête à la date du 10 avril 1998.

10 avril 1998

Hier, j'ai rencontré Gabriel. Il a beaucoup changé. Je ne le trouve plus aussi charmant qu'avant. Nous avons discuté longuement. Puisque j'avais décidé de garder le bébé sans le consulter, il m'a carrément dit que cela ne le concernait plus.

Mais comment aurais-je pu lui en parler ? Je ne savais même pas où il était. Peu importe, le bébé est à moi ! Je me sens importante pour la première fois de ma vie. Je suis responsable de la vie d'un être ! De mon enfant !

Isa

Le lecteur passe à une date du mois suivant.

15 mai 1998

J'ai eu ma première échographie ce matin. Le bébé paraît si minuscule dans cette image noire et blanche. Ils m'ont demandé à l'hôpital si je voulais savoir si c'était un garçon ou une fille. J'ai répondu que je voulais me réserver la surprise.

J'ai pensé à des noms pour le bébé ; si c'est un garçon, je voudrais un nom simple comme Adam ; si c'est une fille, Anne ou Noa. Non, j'y pense ! J'ai trouvé le nom parfait : Max ! C'est un nom de fille autant que de garçon et qui me rappelle un bon souvenir de Gabriel : le café Maxwell. Notre première rencontre au supermarché. Voilà ! Ce sera Max !

Isa

Le lecteur va à une date ultérieure.

11 juin 1998

La semaine dernière, j'ai commencé des cours prénataux. J'ai fait la connaissance de Sonia. Elle a dix-neuf ans et est enceinte de six mois, comme moi. Nous sommes rapidement devenues des amies. Elle a un grand sens de l'humour. On se comprend bien toutes les deux.

Mélissa prétend que je passe trop de temps avec Sonia. J'aime beaucoup Mélissa, mais nous n'avons plus les mêmes préoccupations. Le bébé m'accapare totalement, tandis qu'elle court après des amours impossibles. Elle ne changera jamais.

Il me reste trois mois avant mon accouchement. La date prévue est le 19 septembre prochain. Le temps passe si vite. J'ai finalement accepté de consacrer ma jeunesse à mon enfant. J'ai appris à l'aimer et, maintenant, je suis fière de l'avoir dans mon ventre. J'ai hâte de le serrer dans mes bras. Je t'aime, petit bébé !

Isa

Le lecteur passe au mois suivant.

14 juillet 1998

Max bouge de plus en plus. C'est amusant. On dirait une bosse qui se promène d'un côté à l'autre de mon ventre. Puisque Mélissa part dans deux semaines pour la Floride et que Sonia a des complications avec sa grossesse, je suis toute seule. Je fais de longues promenades dans le cimetière situé tout près. J'aime lire les noms sur les pierres tombales. Parfois, Lucie, mon amie infirmière, vient me visiter. Elle est très occupée, car son travail ne lui permet pas de prendre congé trop souvent. Elle dit que, d'après sa façon de bouger, mon bébé est sûrement une fille. Je ne sais pas si je devrais la croire. J'ai hâte de te voir, mon bébé !

Isa

Le lecteur semble redevenir nerveux. Il saute quelques dates et s'arrête brusquement sur l'une d'elles.

29 août 1998

Ce soir, mon bébé bouge beaucoup. Je pense avoir des contractions. J'ai peur : Mélissa et Sonia ne sont pas avec moi. Il est trois heures du matin, je suis seule et j'ai besoin de parler à quelqu'un. De raconter des histoires de mon enfance. Je n'ai pas parlé à Gabriel depuis longtemps. J'espère ne jamais avoir à lui parler de nouveau. Je le hais, mais je ne peux m'empêcher de penser que sans lui, je n'aurais pas le bonheur de donner la vie à Max. Ah! Les contractions ont repris de plus belle.

Isa

Continuant de lire, le lecteur note un changement d'écriture.

29 août 1998

Ce soir, il s'est produit l'un des événements les plus merveilleux du monde : la naissance d'un enfant. Et l'un des plus tragiques : la mort de mon amie. Isabelle a mis au monde un petit garçon dont elle avait choisi le nom bien avant sa naissance : Max. À la suite d'une hémorragie, Isabelle Hébert, 16 ans, est décédée peu après l'accouchement. L'enfant est venu au monde à cinq heures vingt-six et sa mère est décédée à cinq heures trente-deux. Juste avant de rendre son dernier souffle, Isabelle m'a demandé d'écrire un petit mot si un malheur lui arrivait. On t'aime Isabelle.

Lucie Laporte

Le lecteur ferme brusquement le cahier. Des larmes coulent des yeux bleu pâle du jeune homme. D'une main plus calme, il rouvre le cahier, prend un stylo et commence à écrire.

29 août 2018

On m'a dit que je retrouverais tes traces près d'ici. Je les ai retrouvées, senties et comprises. Toute ma vie, j'ai vécu dans le doute de mon identité. J'ai grandi avec un père qui glorifiait toujours ma mère, ses qualités et sa beauté. Maintenant, je me suis sorti du gouffre de l'ignorance en comprenant pourquoi et comment je suis venu au monde. Dès aujourd'hui, je peux, moi aussi, te glorifier, maman.

Je t'aime de tout mon cœur !

Max Hébert

Le tout petit homme

Mishka Lavigne

Il était tout petit, haut comme trois pommes, brun comme le chocolat. Il affichait toujours un grand sourire, qui dévoilait ses petites dents blanches. Ses cheveux étaient crépus, noirs comme l'ébène. Son nom : Jorolo. Il avait sept ans.

Jorolo possédait un livre qui contenait beaucoup de mots et une seule image. Papa Guérin, le missionnaire du village, le lui avait donné. L'enfant ne savait pas lire, mais Papa Guérin lui avait dit que ce livre s'appelait un « missel ». Ce mot roulait dans sa bouche comme un petit bateau. À la première page figurait une magnifique illustration d'un homme aux yeux doux, entouré d'une lumière vive. L'homme avait la peau pâle comme Papa Guérin.

Jorolo vivait avec sa mère dans une maison modeste construite entre deux bananiers. Elle travaillait aux champs pour Monsieur Gando, un type assez rondelet. À la tombée de la nuit, elle revenait, les yeux pleins de soleil et enrichie de trois pièces d'argent.

Chaque jour, Jorolo marchait pendant une heure sous le chaud soleil pour aller rejoindre Papa Guérin au village. Le missionnaire aimait bien lui lire des histoires. Entre le vieil homme et l'enfant, une belle amitié était née.

🔑

C'était un matin comme les autres. Le soleil était encore bas. Jorolo marchait lentement, ses pieds nus recouverts de poussière. Au loin, dans l'aube naissante, il pouvait voir la silhouette des bâtiments du village. Le gamin hâta le pas et arriva bientôt à la mission. Dans un jardin attenant au bâtiment, un homme arrachait, une à une, des herbes. Dès que Jorolo l'aperçut, il se mit à courir et se jeta dans ses bras.

— Papa Guérin !

— Bonjour, Jorolo. Veux-tu une mangue ? lui lança le missionnaire avec un accent chantant.

La journée s'amorçait toujours selon le même scénario. Papa Guérin mangeait un morceau de mangue et en gardait une généreuse portion pour le garçon qui, en était-il conscient, souffrait de malnutrition. Il dévorait le fruit, le jus dégoulinant le long de son menton.

Quelques instants plus tard, Papa Guérin ouvrait un grand livre : *Les Contes de ma mère l'Oye* de Charles Perrault. Assis avec le jeune garçon dans une balançoire, il lui en lisait des extraits d'une voix teintée d'émotion. La lecture se poursuivait pendant des heures.

Jorolo se plaisait à vivre dans cet univers magique. Il tremblait de peur quand Papa Guérin lisait *Barbe-Bleue* et riait aux éclats quand il lui lisait *Riquet à la Houppe*. Mais son conte préféré restait *Le Petit Poucet*.

Un jour, Jorolo voulut imiter le Petit Poucet et répandit des miettes de pain dans la forêt située derrière la maison. Sa mère le réprimanda avec force :

— Il ne faut jamais gaspiller le pain !

Dès lors, il jeta de petits cailloux…

Papa Guérin essuya la bouche de Jorolo, puis le guida jusqu'à la balançoire au fond de la cour. Ils s'y installèrent. Le missionnaire ouvrit le livre dont les pages étaient jaunies par le temps. Il entreprit la lecture du *Petit Poucet*.

Des images aux couleurs vives défilaient devant les yeux de l'enfant. Il retenait son souffle. Il savait qu'à la prochaine page apparaissait le méchant ogre. Papa Guérin tourna la page et, d'une voix puissante, il imita l'ogre. Comme toutes les autres fois, Jorolo sursauta puis frémit de plaisir. Quelques pages plus loin, le prêtre se tut.

— Papa Guérin, demanda Jorolo, levant les yeux vers le missionnaire. Est-ce que je pourrais apprendre à lire comme toi?

L'homme fixa l'enfant.

— Oui, Jorolo. Bientôt, tu iras à l'école.

— Qu'est-ce que c'est l'école, Papa Guérin?

— L'école, mon enfant, c'est un endroit fantastique! Tu apprendras à lire et à écrire. Ensuite, tu pourras faire tout ce que tu veux. Tu ne travailleras pas dans les champs comme ta maman, mais tu pourras être médecin ou pilote d'avion.

— Es-tu allé à l'école? demanda encore Jorolo.

— Dans mon pays, le Canada, tous les enfants vont à l'école. Un jour, même en Afrique, tous iront à l'école. C'est mon plus grand rêve.

— Moi aussi j'ai un rêve! Je veux écrire des histoires.

— C'est bien, c'est bien. Quand tu iras à l'école, toi aussi tu pourras écrire des histoires.

Il reprit sa lecture. Au crépuscule, Jorolo retourna à la maison. Il mangea un peu de manioc puis se coucha sur sa paillasse. Aussitôt, il fut emporté dans un rêve où tous les contes que lui avait lus Papa Guérin s'entremêlaient les uns aux autres. C'était son propre conte de fées où dansaient des couleurs: le bleu, le jaune, l'or et le rose. Le tout se dessinait dans un tourbillon d'imaginaire et de féerie à faire jaillir des étincelles dans son cœur.

Les mois s'écoulèrent. Le jour, avec Papa Guérin, Jorolo oubliait la pauvreté qui l'affligeait. La nuit, il créait son propre univers dans lequel le Petit Poucet occupait une place de choix. Cendrillon, Peau d'Âne et même l'homme de son missel venaient lui rendre visite à l'occasion.

Un matin, Jorolo arriva à la mission et constata que Papa Guérin n'était pas à l'extérieur comme d'habitude. Sœur Rachel l'informa qu'il était malade.

— Je veux le voir, supplia le petit homme.

Sœur Rachel se pencha sur l'enfant.

— D'accord, mais seulement une heure, pas plus. Ça va ?

Jorolo acquiesça d'un signe de la tête et se dirigea vers la chambre de Papa Guérin. Sœur Rachel poussa la porte doucement et l'enfant entra. La chambre était sombre, le rideau fermé ne laissant pénétrer qu'une faible lueur. À l'un des murs était suspendue une croix de bois. Sur cette croix, l'homme du missel était cloué.

Une grande tristesse l'envahit. Papa Guérin et sœur Rachel pleuraient sûrement en voyant l'homme du missel souffrir ainsi. Le petit homme tourna la tête vers le lit. Le prêtre avait un teint grisâtre et les yeux fiévreux. Il avait remonté la couverture rose jusqu'à son menton malgré la chaleur suffocante. L'enfant s'approcha. Retenant ses larmes, il murmura :

– Qu'est-ce qui se passe, Papa Guérin ?

L'homme lui prit la main.

– Je suis vieux. Les gens âgés attrapent des maladies plus facilement que les jeunes comme toi.

_ Est-ce que c'est grave la maladie ?

Jorolo implorait le missionnaire de lui dévoiler la vérité.

– Non, ce n'est pas grave... pas grave du tout.

– Qu'est-ce que c'est être vieux ?

– Être vieux, c'est avoir les cheveux blancs, c'est être sage.

– Est-ce que tu es sage ?

– Je crois qu'un jour je le serai...

Jorolo prit un livre qui traînait là.

– Aujourd'hui, c'est moi qui te raconte une histoire.

Il ferma les yeux pour bien se concentrer et commença un récit de son invention :

– Il était une fois, dans un pays où tous les gens sont bruns, un tout petit serpent...

L'heure étant écoulée, sœur Rachel ordonna au jeune visiteur de retourner chez lui. Le malade devait se reposer. Le petit homme obéit, attristé de quitter son meilleur ami.

Cette nuit-là, il rêva au missionnaire qui se promenait dans un champ, un petit serpent dans la main. Son rêve atténua son trouble.

Pendant un mois, il se rendit visiter son ami à la mission. Il lui racontait une histoire et Papa Guérin l'écoutait, la couverture rose remontée jusqu'à son menton. Parfois, il devait interrompre son récit, car le missionnaire toussait tellement que des larmes roulaient sur ses joues. Quand Jorolo revenait chez lui pour dormir, ses rêves lui faisaient oublier la souffrance de Papa Guérin. Il se demandait souvent si l'homme du missel cloué sur la croix souffrait autant.

Un matin, Jorolo se réveilla, la tête pleine de brume dorée. Il avait rêvé, cette nuit-là, que le Petit Poucet était venu le visiter pendant son sommeil pour lui dire à quel point Papa Guérin l'aimait. Le petit homme fut habité d'une grande joie durant toute la journée.

Le lendemain, le soleil se leva au-dessus de la montagne. Le temps était sec et chaud. Les mouches virevoltaient autour des bananiers géants.

L'enfant se dirigea vers le village d'un pas lent. En chemin, il réfléchit à l'histoire qu'il allait raconter au prêtre.

Sœur Rachel le fit entrer dans la chambre. La jeune femme camouflait ses larmes. La porte se referma doucement et Jorolo s'avança vers le lit.

– Approche-toi, Jorolo, murmura d'une voix faible le vieux missionnaire.

L'enfant s'assit sur la couverture rose, ses pieds se balançant dans le vide. Le petit homme sourit de toutes ses dents blanches, sans doute pour se rassurer.

— Je veux te parler, mon petit.

— Je t'écoute, Papa Guérin.

— Tu sais, Jorolo, il arrive parfois que des gens que tu aimes beaucoup doivent partir… et quand ils partent, ils ne reviennent pas toujours.

Le jeune garçon fronça les sourcils.

— Qu'est-ce que tu veux dire ?

— Il y a des maladies qui sont plus graves que d'autres. J'ai une maladie grave et je sens que je vais m'en aller bientôt.

— Aller où ?

Le missionnaire pointa la croix de bois sur le mur.

— Tu vois le monsieur sur la croix ? Son nom est Jésus. Quand quelqu'un meurt, il va rejoindre Jésus et son père, le bon Dieu, au paradis.

— C'est quoi le paradis ?

— Le paradis, c'est un endroit où tu n'as plus mal, plus faim, plus peur… C'est un endroit merveilleux.

— Est-ce que moi aussi je vais aller au paradis ? demanda l'enfant.

— Oui, Jorolo, quand tu vas mourir, toi aussi tu iras voir Jésus.

L'homme fut agité d'une forte toux. Il but une gorgée d'eau et appuya sa tête sur l'oreiller.

– Mon enfant, j'ai quelque chose à te donner.

Papa Guérin montra la petite table dans le coin de la pièce. Le garçon se leva, prit le livre *Les Contes de ma mère l'Oye* et l'apporta au missionnaire.

– Ce livre t'appartient maintenant. Tu as su l'apprécier et tu m'as rempli de joie en m'écoutant. Jorolo, tu es le fils que je n'ai jamais eu. Les histoires que tu m'as racontées durant toutes ces matinées me prouvent que, toi aussi, tu seras capable d'écrire des histoires, un jour…

Il reprit son souffle.

– Dans le livre, il y a une enveloppe qui contient une lettre. J'ai parlé à Madame Ominadidi, la directrice de l'école du village. Elle a accepté de te prendre au mois de septembre. J'ai payé pour ton éducation jusqu'à la fin de ton secondaire. Par la suite, tu décideras si tu veux continuer ou non.

– Je vais aller à l'école ! s'exclama Jorolo, ses grands yeux noirs illuminés d'une joie indescriptible.

Il prit le missionnaire par le cou et le remercia chaleureusement. Ce dernier s'étendit sur le lit et remonta la couverture rose jusque sous son menton. Jorolo se mit à raconter :

– Il était une fois, dans un pays très lointain avec de la neige et des loups, un missionnaire qui avait un ami, un tout petit homme tout brun…

Jorolo continuait l'histoire de Papa Guérin, assis sur le coin du lit, ses mains posées avec amour sur *son* livre. Quelques instants plus tard, à la fin du conte, le missionnaire ferma les yeux dans un léger soupir.

Jorolo sentit que son ami l'avait quitté. Dorénavant, le petit homme en lui devait grandir...

Je t'aimais, je t'aime et je t'aimerai

Raphaëlle Lalande

DE LA FENÊTRE DE MA CHAMBRE, je contemple la nature et je constate à quel point elle doit livrer un combat perpétuel pour rester bien vivante. Elle résiste aux tempêtes qui l'attaquent de toutes parts. Elle me fait la leçon.

J'ai connu, moi aussi, toutes sortes de mésaventures dans ma vie. Certaines m'ont aidée à grandir, d'autres ont marqué mon âme au fer rouge. Bien entendu, il y en a quelques-unes que je ne peux oublier : celles qui m'ont déroutée, qui m'ont fait fondre d'angoisse.

L'une d'entre elles ne s'effacera jamais de ma mémoire. Pendant longtemps, je me suis efforcée de l'ensevelir sous une pile de souvenirs mais, dernièrement, cet événement a refait surface.

Je crois que je ne me sentais pas la force de ressasser toutes ces émotions, de faire rejaillir tous ces élans du cœur. Cependant, aujourd'hui, alors que j'observe la vie d'un autre regard, je suis prête à vous raconter cet événement sans en oublier le moindre détail.

Mon cœur débordait. D'amour ? Certainement pas. De tristesse ? Il me semblait qu'il s'agissait d'un sentiment encore plus puissant. La douleur était plus forte, elle brûlait mes yeux, elle hurlait dans mes oreilles, elle asséchait mon sang.

Je marchais avec lenteur sur le trottoir. J'ignorais dans quelle direction j'allais. Mon instinct me guidait à travers le brouhaha de la métropole. La ville se noyait dans mes larmes et ses bruits assourdissaient mon âme qui voulait s'extirper de mon corps, se départir de cette enveloppe qui l'emprisonnait depuis trop longtemps. Mais je refusais d'abdiquer. Elle ne me détruirait pas.

Jamais !

Mon vague à l'âme persistait depuis longtemps. La cocaïne... c'était à cause de cette substance maudite que tous les malheurs m'affligeaient, moi qui tentais de m'évader de cette vie merdique.

Au début, je m'étais juré de ne jamais en devenir dépendante et que d'en prendre à l'occasion ne me ferait aucun mal. Eh bien ! peut-être étais-je idiote, parce que ça m'a fait mal, terriblement mal ! Cette poudre blanche me faisait éclater les veines du nez et me faisait planer dans un ailleurs merveilleux, mais tellement illusoire.

Un bon jour, j'ai rencontré Guillaume. Comme moi, il vivait dans la rue, déraciné, à la recherche d'un absolu. Vêtu de loques, il m'a souri avec une telle tendresse que j'ai fondu d'affection pour lui. Le vent faisait onduler ses longs cheveux. Ses lèvres semblaient de soie. Elles brillaient sous le soleil de l'automne.

J'ai vidé mes poches : deux dollars. C'était le seul argent qui me restait : deux dollars et de vieilles amitiés qui m'attendaient sous le pont gris, à quelques rues de là. Je lui ai remis tout mon avoir. Il m'a remerciée gentiment, et j'ai plongé mes yeux dans les siens. J'y voyais des marguerites, des pâquerettes et des lilas.

Oui, surtout des lilas. J'y dansais, j'y souriais. Mon cœur s'est emballé, mes joues se sont empourprées. Je me suis assise à ses côtés. Sa peau à l'odeur de violettes m'enivrait. Tout son être m'appelait, me hurlait de l'approcher.

Au fil des semaines, Guillaume est devenu un gars de la gang, puis un bon ami et, finalement, un amoureux. Je ne pouvais plus vivre sans lui. C'était à peine si j'arrivais à respirer. En son absence, je redevenais la Marianne d'autrefois, mélancolique, incapable de tolérer une âme trop lourde. Lorsque, avant de s'endormir, il faisait courir ses doigts dans mes cheveux, mon corps frémissait et mes yeux portaient un regard bien différent sur le monde.

De jour en jour, mon attachement pour Guillaume se solidifiait. Il me dévoilait la face cachée de la vie. Il m'apprenait à boire les arcs-en-ciel et à me brûler aux étoiles. De plus, il a tenté de m'enseigner le chant, mais ce fut peine perdue. Je ne réussissais qu'à dépoussiérer de vieilles notes endormies qui avaient malheureusement perdu de leur éclat.

Dans la pénombre de la nuit comme au petit matin, il me fredonnait des chansons qui me faisaient découvrir la vie sous les prunelles d'un autre. Cela devenait une osmose parfaite entre nos deux corps, nos deux âmes.

J'aurais aimé lui écrire des poèmes qui griffent la vie, qui rougissent les yeux, qui calment les vents et qui consolent les mers salées. Mais j'en étais incapable, tant mon âme était déchirée.

🔑

Une nuit pendant laquelle nos corps s'enflammèrent, Guillaume me donna un feu, un ciel, un océan. Appelez ça comme vous voulez mais, moi, j'appelle ça la vie.

Mon ventre allait devenir aussi gros que la citrouille du conte de fées. Mais quand j'ai annoncé la nouvelle à Guillaume, il s'est rebellé.

Comment pouvait-il avoir peur d'un si minuscule souffle de vie ? D'un feu si froid ?

D'un ciel sans torrents ni colère ? Et d'un océan si triste ?

Il avait peur de tout, allez-vous penser. Il est vrai qu'il se réfugiait toujours dans ses chansons pour éteindre sa conscience. Ses chansons lui servaient d'évasion, de fuite.

J'avais peur, moi aussi. Mes habitudes de toxicomanie n'annonçaient rien de bon pour mon bébé. Sa santé en serait atteinte.

Oh ! j'ai beaucoup réfléchi ! Tellement que les ténèbres du sommeil collaient sous mes yeux. Je ne pouvais pas vivre sans Guillaume, mais je ne voulais pas vivre sans cette vie qui germait dans mon corps. Je savais que si je tuais mon enfant, il me serait impensable de vivre un jour sans songer aux éclats de rire qui auraient retenti, aux joues roses que j'aurais pu tendrement caresser, aux cris perçants que j'aurais pu soulager. Néanmoins, si je le gardais, Guillaume m'abandonnerait. C'était un gars mervcilleux, mais il se nourrissait de multiples préjugés. Il m'aimait, certes, mais pas au point de les faire taire.

J'étais coincée dans un affreux dilemme. Des contradictions se battaient en moi. Un tourbillon agitait mon esprit. Et mon cœur ! Il n'avait jamais été si dévasté. Il me faisait mal. Je craignais qu'il n'éclate. C'en était devenu insupportable.

Pour tenter de noyer mon désespoir, je me suis rendue au dépanneur du coin. Quand tout allait mal et qu'une bête invisible me griffait les tempes, je me nourrissais de chocolat. Cela me réconfortait et étendait un baume sur mes douleurs.

En entrant dans le dépanneur, mon ventre se tordit. Il y régnait un désordre incroyable. Les étagères étaient renversées et de la marchandise jonchait le sol. Des policiers au regard fou se déplaçaient, un revolver à la main. Ils notèrent ma présence et m'ordonnèrent de ne pas bouger. Au même moment, je vis Guillaume qui courait dans une allée, les bras pleins de marchandise. Il arriva en face de moi. Il était méconnaissable. Ses yeux étaient injectés de sang. Ils lançaient des harpons aux pointes acérées qui me terrorisaient. On eût dit que son esprit survolté l'avait conduit dans un ailleurs inaccessible.

Soudain, il m'aperçut. Il hurla mon nom si fort que tout mon être se figea. Je n'avais d'yeux que pour ce garçon que je ne reconnaissais plus, pour cette âme tourmentée dans laquelle des tonnerres grondaient.

Les policiers comprirent alors que nous étions complices. Ils pointèrent leurs revolvers sur Guillaume et moi. L'un d'eux semblait extrêmement nerveux. Il n'arrêtait pas de trembler.

Soudain, il se mit à hurler. Guillaume, affolé, fit un grand saut pour me protéger. Un coup de feu éclata et un projectile l'atteignit en plein visage. Il s'effondra.

Dans sa chute, il avait échappé la marchandise qu'il tenait dans ses bras, à l'exception d'un hochet blanc et bleu dont le tintement des billes fracassées les unes contre les autres résonnait.

Avait-il donc changé d'idée au sujet de notre enfant ? Malheureusement, je ne le saurais jamais, parce que Guillaume gisait sur le sol dans une mare de sang.

Je me penchai sur lui et déposai un baiser sur sa joue. Je pris le hochet, me levai et, avant que les policiers ne comprennent mes intentions, je m'enfuis à toutes jambes.

Je courais sur le trottoir. Ma tête pesait lourd. Mon cœur se consumait lentement. Le malheur le déformait de ses mains habiles. Mon amour avait été tué devant mes yeux qui n'en pouvaient plus de voir la violence et la détresse. Mais je devais penser à la vie en moi. À la câline Annabelle ou au joli Martin, à la douce Maude ou au mignon Frédéric qui allait, dans quelques mois, me combler de bonheur. Je devais conserver mon sang-froid, tenir tête au désarroi de la vie. Mais, au-delà de tout, je ne devais pas avilir mon rêve de blottir cet enfant dans mes bras et d'être heureuse.

⚷

De mon lit d'hôpital, j'observe des ouates blanches valser dans le ciel. Elles laissent échapper leurs pleurs gelés depuis une heure déjà. Les lumières de Noël scintillent dans la nuit. Y aura-t-il des présents pour le poupon pelotonné contre moi qui dort à poings fermés ?

Après avoir appris que je le portais, j'ai cessé de consommer des drogues. Pour protéger mon bébé, pour lui offrir la santé.

Guillaume habite encore mes souvenirs. Il me visite parfois dans mes rêves. Je sais que les scintillements des étoiles sont des clins d'œil qu'il me destine, jour après jour. Je sais que chaque fois que je regarderai notre bébé, je penserai à lui. C'est grâce à lui que je connais enfin le bonheur. Je comprends maintenant ce que signifie pleurer de joie.

J'ai donné le nom de Francis à notre enfant. Parce que Guillaume me susurrait toujours les paroles de « Je t'aimais, je t'aime et je t'aimerai » de Francis Cabrel. Parce que je ne veux surtout pas oublier le père de mon enfant, mon seul véritable amour de jeunesse. Parce que je ne veux pas que ses traits, sa voix et sa chaleur s'effacent de ma mémoire.

Je crois que de son au-delà, Guillaume m'aime toujours. Notre amour vivra éternellement. Et ce soir, je suis particulièrement fière de lui. Notre bébé est magnifique.

De fait, Guillaume est plus heureux là-haut : il a enfin réussi à s'évader, à se libérer des chaînes qui le meurtrissaient. J'espère qu'il m'écoute présentement vous raconter notre histoire. J'espère qu'il en est fier.

J'abandonne un passé tordu, sombre. Mon avenir est rempli d'espoir. Pendant que Francis rêve d'amour, mon âme palpite de bonheur.

Je t'aimais, je t'aime et je t'aimerai… mon ange.

Les rythmes de la vie

Annick Légaré

JE HAIS cette maudite maladie ! Je la hais !
Elle est abominable. Elle me dévisage de
ses yeux diaboliques, pleins de destruction, de
douleur, de souffrances. Son vilain sourire me
fait frémir d'horreur.

Que de maléfices jetés sur moi !

Par la fenêtre, la lueur des étoiles scintil-
lantes pénètre dans ma chambre d'hôpital.
Dehors, tout me semble au repos. La pluie
chaude, qui est tombée cet après-midi, a
enivré les marguerites et les muguets dont
l'odeur m'enchante tant.

C'est la pleine lune, ce soir. Je rêve de
fouler son sol. Il m'est impossible de décrire
l'amplitude de mon désir tant il est grand. Cet
engouement vibre en moi depuis mon enfance. C'est mon destin. À mes yeux, la lune
surpasse la modicité d'un simple satellite natu-
rel. Elle est plus qu'une source de lumière qui

déverse sa clarté sur notre planète durant la nuit et la force qui contrôle la marée des océans.

La lune me fascine par ses mystères. Son existence renferme des énigmes et des merveilles dignes d'être découvertes. Ses phases en constante évolution représentent la croissance, le passage de la vie à la mort, de la mort à la vie. Elle naît, elle grossit et, promptement, elle décroît, disparaît et meurt.

Dans les ténèbres, elle ressuscite et reprend le cycle de sa vie. Elle est éternelle, sa mort n'étant jamais définitive. On dit que la lune est productrice de l'eau puisqu'elle humecte la terre pendant la nuit et abreuve la végétation de sa tendre rosée. Elle est l'instrument de la mesure du temps universel grâce à ses croissants qui se métamorphosent d'une façon régulière et perpétuelle. Elle est le guide des nuits, la lumière dans l'immensité obscure.

La lune, c'est la vie, la mort et la résurrection.

J'ai toujours aspiré à entreprendre ce long voyage. Il n'y a pas longtemps, j'ai commis la pire erreur de ma vie, l'erreur qui m'a conduite dans ce lit d'hôpital. J'ai cru naïvement que ce rêve ne serait jamais pour moi un triomphe, que ce serait plutôt un regret.

La pensée d'un échec me hantait. Mon angoisse s'est tranquillement transformée en malaise et ce souci est devenu un supplice.

Une pluie de mélancolie est tombée dans tout mon être. Subitement, ma frayeur a quintuplé au point de causer une faiblesse musculaire et une dépression massive, qui ont conduit à une maladie incurable, le *lupus erythematosus*, qui attaque mon système immunitaire.

Mon corps s'autodétruit lentement et douloureusement. Mon sang est envahi d'anticorps qui tuent mes propres cellules. Ce poison coule dans mes veines à une vitesse irrégulière. Mon cœur, battant la chamade dans ma poitrine, se contracte durement et provoque des chocs intenses dans tout mon être.

Mes os corrodés par la maladie et mes muscles ankylosés m'empêchent d'accomplir les tâches les plus banales. Le simple fait de me déplacer à la salle de bain exige des efforts surhumains.

La maladie a complètement métamorphosé ma vie. Depuis plus de trois mois, je ne suis pas rentrée chez moi, je n'ai pas vu mon Figaro, mon petit canari jaune. De son gazouillis matinal jusqu'à ses trilles nocturnes, il répand la joie partout dans la maison par ses chants joyeux. Cet oiseau est mon plus cher compagnon, le seul qui puisse me permettre de sourire à nouveau.

La semaine dernière, j'ai tenté de faire venir mon Figaro, ici même, dans ma chambre d'hôpital. Ce fut peine perdue. Ma requête a été refusée par le directeur en personne. Je me suis pointée à son bureau et j'ai longuement insisté, mais je me suis butée à une fin de non-recevoir. Un oiseau pourrait transporter des bactéries, a-t-il argué. Mais pas mon Figaro !

Quand j'habitais encore chez mes parents, il se lavait quotidiennement avec moi dans un bon bain de mousse chaude. Il s'en dégageait une forte vapeur qui m'amortissait, mais Figaro, toujours enjoué, me revigorait. Il barbotait dans l'eau et s'amusait à battre ses ailes dans la mousse, éclaboussant mon visage de savon. Après notre longue ablution, j'allumais un feu dans la cheminée et, ensemble, nous regardions par la fenêtre le ciel émaillé de minuscules points blancs miroitants.

Lorsque la lune avait fière allure, j'installais mon télescope et je la contemplais avec une fascination grandissante. Il m'arrivait parfois de négliger mon Figaro qui, perché sur mon épaule, me picorait le cou en proclamant son mécontentement d'un cri obstiné.

Dernièrement, un événement insolite s'est produit alors que la maladie se manifestait de façon plus agressive. Un soir d'automne venteux, le ciel accueillait la pleine lune. Sa luminosité paraissait plus flamboyante que jamais et sa splendeur m'émerveillait. De toute ma vie, je n'avais assisté à une telle féerie. L'effet que la pleine lune a sur moi est ensorcelant. Je sens un lien qui se tisse entre nous. Ce lien vigoureux, symbiotique, devient une attraction puissante qui fait jaillir en moi le désir de rejoindre cet astre merveilleux. Mais ma maladie éteint tous mes espoirs.

Plus j'observais la lune par la fenêtre de ma chambre, plus je l'appréciais. Mes paupières s'alourdissaient, mes yeux cherchaient à s'assoupir, ma tête réclamait un appui pour s'apaiser.

Cependant, je m'obstinais à me mirer dans mon étoile. Le moindre mouvement autour de moi me faisait sursauter. Chaque bruit émis par des patients qui occupaient les lits voisins du mien retentissait à mes oreilles tel un grondement de tonnerre. Ma vision devenait nébuleuse et tout ce qui m'entourait devenait flou. Je ne distinguais que le voile ardent de la lune.

Soudain, ce rayonnement se rapprocha à une vitesse fulgurante. Il devint de plus en plus intense et m'entoura entièrement d'une lumière blanche. Je ressentais une impression de légèreté comme si mon corps flottait dans le néant. J'étais soulevée par une force divine dont j'ignorais la provenance.

Puis ce fut le vide absolu. Je n'entendais plus rien, je ne voyais rien, je ne sentais rien, je ne savais rien. Et subitement, une mélodie enchanteresse parvint à mes oreilles. Ce n'était point le chant d'un oiseau ni l'aubade d'une flûte. Il m'était impossible de discerner si la musique était lointaine ou voisine, si elle s'approchait ou s'éloignait. Mais la joliesse de cette musique angélique m'enivrait.

Combien de temps dura cette impression?

Peu à peu, je pus reconnaître la silhouette des montagnes. Je me tenais debout sur un sol sablonneux en face de gigantesques rochers. Soudain, j'aperçus, dans le ciel étoilé, une planète dont l'allure m'était familière.

La Terre !

En scrutant le paysage autour de moi, je reconnus l'imposante physionomie de la lune.

J'avais mis les pieds sur la lune !

Des larmes au goût de sel roulaient sur mes joues empourprées par l'émotion. De la sueur courait sur mon front. Mes mains moites tremblaient. Pendant un bref instant, je crus que tout cela n'était qu'un rêve. Mais j'étais bien là. Je vivais ce que je voyais, j'en étais pleinement consciente.

De loin, je discernai un mouvement dans le ciel. C'était mon Figaro qui voltigeait vers moi. Il vint se déposer sur mon épaule et poussa un cri strident pour exprimer son ébahissement face à ce panorama grandiose.

Je sentais une présence, une force surnaturelle qui me poussait à aller de l'avant. Je marchais d'un pas lourd en direction d'un large cratère entouré de gigantesques pierres. Ces rochers montraient des formes insolites et des couleurs irrégulières. Ils s'amoncelaient les uns sur les autres avec une telle cadence que l'on aurait dit que quelqu'un les avait soigneusement disposés ainsi.

Je m'aventurai prudemment dans l'immense cratère. À chaque pas, un nuage de poussière fine se soulevait du sol et venait se déposer sur mon pied qui se recouvrait peu à peu de terre argentée. Je flottais presque.

Au centre du cratère, une lumière vacillait. En m'approchant davantage, je notai une masse étrange de couleur verte de laquelle se dégageait une odeur familière, un arôme fascinant dont je ne pouvais identifier l'origine.

Tout à coup, une image me vint à l'esprit. J'y voyais une jeune femme aux yeux bleus brillants qui se penchait vers moi en laissant retomber ses longs cheveux châtains. Son costume blanc contrastait avec sa peau bronzée. Sa voix était douce et agréable comme le toucher de sa main délicate sur mon front. Son image m'était connue, mais je n'arrivais pas à y associer un nom.

Son visage irradiait. J'avais un fort pressentiment que cette dame venait d'un autre monde. De son corps se répandait une fragrance faite d'un mélange harmonieux de fleurs exotiques, de fruits tropicaux et de baies sauvages. L'exquis parfum stimulait tous mes sens et me donnait des frissons.

L'objet verdâtre au centre du cratère continuait de croître. De larges feuilles se déployaient pour faire s'épanouir une fleur d'un rouge enflammé. Elle se faisait énorme et magnifique.

Je contemplai la fleur pendant un long moment. Tout à coup, un intense faisceau de lumière blanche m'éblouit. Je ne voyais plus rien, c'était le néant. Puis, j'aperçus le plafond blanc de ma chambre d'hôpital. Le décor superbe de la lune s'était éteint. Je plongeai alors dans un profond sommeil.

🔑

Le lendemain matin, je me réveillai en sursaut. Une dame me chuchota à l'oreille des mots incompréhensibles. Sa voix suave me réconfortait. Elle me fixait dans les yeux, et je reconnus dans son regard la luminosité d'un bleu royal.

C'était la femme au parfum, celle dont l'odeur de fleurs m'avait ramené le souvenir. Elle affichait un sourire angélique et un regard céleste. Je pouvais identifier l'odeur de la lune. Ce fut la dernière fois que je vis cette femme.

Depuis ce matin d'automne, je n'avais plus peur de la mort qui approchait à grand pas. Je savais qu'une autre vie m'attendait là-haut.

J'avais enfin découvert qui j'étais, l'essence même de ma vie.

Je suis une lune. Une lune qui a vu jour, qui a grandi et qui, maintenant, décroît. Je m'éclipse tranquillement et, bientôt, je disparaîtrai.

Mais ma mort n'est pas définitive comme celle de la lune. J'ai voyagé de la vie à la mort et je passerai de la mort à la vie.

Ainsi vont les rythmes de la vie…

Destin

Josée Hurtubise

D E LA FENÊTRE de sa chambre, Patrice regarde les gens descendre les marches du parvis de l'église. Il n'a jamais vu autant de paroissiens sortir de cette église, un édifice en très mauvais état. Cette vision le plonge dans des souvenirs d'antan.

⚷

Un jour qu'il assistait à un concert, il rencontra Suzanne, une jolie femme qui avait de longs cheveux noirs et des yeux de jade. Il émanait d'elle une aura de tranquillité et de puissance qui le fascinait, qui l'empêchait de détacher d'elle son regard. Bien qu'il n'ait bu aucun alcool pendant la soirée, il avait l'impression d'être ivre d'extase, convaincu que cette femme était son âme sœur. Il fallait lui parler, mais comment l'aborder sans l'effaroucher ? Il attendit à la pause qu'elle s'assoie au bar et s'approcha d'elle en lui murmurant :

— Mademoiselle, puis-je vous offrir une consommation ?

— Avec plaisir, monsieur. Je prendrais bien un autre martini.

Patrice s'installa à ses côtés. Il nota qu'elle ne portait aucune alliance.

— Je m'appelle Patrice, lui lança-t-il comme une révélation longtemps retenue. Et vous…

— Suzanne, lui répondit-elle avec un beau sourire.

Patrice se sentait tel un gamin qui côtoyait une belle fille pour la première fois de sa vie. Pourtant, ce n'était pas la première femme qu'il tentait de conquérir.

Ils prirent un verre, tout en parlant de choses et d'autres jusqu'à la fin de l'entracte. Puis, on annonça que le spectacle allait reprendre dans les prochaines minutes. Ils s'échangèrent leur numéro de téléphone. Au moment de se séparer, Suzanne fixa Patrice dans les yeux. Elle lui susurra d'une voix suave :

— Je te téléphonerai si jamais j'ai besoin de m'évader de ma vie…

Patrice en resta bouche bée. Pendant des jours, ces mots hantèrent son esprit. Suzanne lui manquait tellement. Il avait essayé de l'appeler, mais elle ne répondait jamais à ses appels.

Un bon matin, il crut s'évanouir de joie en entendant la voix de Suzanne sur son répondeur. Elle lui donnait rendez-vous le lendemain dans un bar. Il ne ferma pas l'œil de la nuit.

La journée du lendemain lui parut interminable. Enfin, à dix-huit heures trente, il commença à se préparer. Il choisit son plus bel habit. Quand il sortit de chez lui, l'air froid de février le happa de plein fouet. Comme le bar n'était pas très loin, il décida de s'y rendre à pied.

De loin, il vit Suzanne y entrer. Il accéléra la cadence et gravit l'escalier presque en courant. Elle était assise à une table. Quand elle le vit, un beau sourire illumina son visage, semblable à de l'espoir. C'était comme si elle attendait quelque chose de lui. Mais quoi?

Patrice s'approcha, son cœur battant la chamade.

— Bonsoir ! Comme je suis content de te revoir !

— Je suis contente de pouvoir m'évader de ma vie ! lui répondit-elle à brûle-pourpoint.

Encore ces mots mystérieux. Et pourquoi un tel besoin d'évasion ? Mais Patrice préféra se montrer discret de peur de l'intimider ou de la faire fuir.

Cependant, il était tourmenté par ces mots. Après quelques verres, il ne pouvait plus refréner sa curiosité.

— Suzanne, est-ce que je peux te poser une question ? Ne te crois pas contrainte d'y répondre, mais j'aimerais tout de même comprendre ce que tu veux dire...

Elle l'interrompit en posant un doigt sur ses lèvres.

– Quand je dis que je veux m'évader de ma vie !

Patrice sentit un sentiment de culpabilité l'envahir. Elle avait l'air si mélancolique qu'il avait l'impression que sa question avait ravivé un douloureux souvenir.

– Mon père est très malade, enchaîna-t-elle, les yeux obstinément baissés sur son verre de scotch. De fait, il est à l'agonie. Et je passe mes journées à prendre soin de lui. Quand je trouve quelqu'un pour prendre ma place pendant une nuit, j'ai l'impression de m'évader. Je me sens libre, libre comme une petite fille qui gambade dans les champs.

Patrice regrettait déjà son indiscrétion.

– Je suis désolé. Je n'aurais pas dû te parler de ça. Cela ne me regarde aucunement.

– Bon, ça va...

Suzanne fondit en larmes. Patrice se leva et lui caressa l'épaule.

– Suzanne, dit-il d'une voix douce, je vais te conduire chez moi. Je ne veux pas que ton père te voie dans cet état. Il en serait inquiet. Tu n'es pas obligée de me suivre, mais je pense seulement que ce serait mieux ainsi.

Elle acquiesça du bout des lèvres. Patrice régla l'addition et demanda un taxi.

— Patrice, pourquoi m'aides-tu ainsi ?
questionna Suzanne. Tu me connais à peine.
Tu n'as pas à supporter mes problèmes.

Il hésita un peu, puis s'ouvrit à elle :

— Je me sentirais coupable si je te laissais
seule avec ta peine.

Suzanne se rebiffa.

— Je ne veux pas de ta pitié !

— Ce n'est pas de la pitié, Suzanne. C'est
de l'amour ! Depuis que je t'ai rencontrée à ce
concert, je ne fais que penser à toi. Tu
m'habites, jour et nuit.

Le taxi arriva. Ils prirent place dans la
voiture, et Suzanne plaça sa tête sur l'épaule
de Patrice.

🔑

Ils se revirent plusieurs semaines plus
tard. Il lui téléphonait tous les jours, mais en
vain. Il pensa qu'elle était trop occupée avec
son père pour se soucier de lui. Puis, le
même scénario se reproduisit : elle lui laissa
un message sur son répondeur. Il remarqua
que sa voix avait changé. Elle semblait plus
profonde, comme si sa pureté juvénile était
disparue.

Ils se donnèrent rendez-vous au même
endroit. Mais cette fois, Suzanne l'attendait
à l'entrée, ses longues mèches de cheveux
camouflant son visage. Dès qu'elle le vit, elle
se précipita dans ses bras, le serra très fort.

Patrice comprit aussitôt que son père était décédé. Il la raccompagna à la maison et la réconforta du mieux qu'il put.

Ce soir-là, ils se promirent de ne jamais plus se quitter. Elle emménagea chez lui. Et tout alla bien pendant quelques semaines. Ils partageaient leurs rires, leurs larmes, leur amour.

Les deux amants ne se querellaient jamais. Patrice était convaincu, sans l'ombre d'un doute, que Suzanne était la femme de sa vie. Ils s'épousèrent en juillet, cinq mois après leur première rencontre.

Cette journée-là fut mémorable. Suzanne était superbe dans sa longue robe blanche ; son voile vaporeux adoucissait davantage ses traits délicats. Dans ses mains, elle tenait un bouquet de lys blancs. Elle rayonnait de bonheur !

🔑

Malheureusement, un nuage vint entacher leur félicité. Suzanne fut victime d'un grave accident d'automobile. Elle s'était endormie au volant et la voiture avait dérapé dans un fossé. Comme elle n'avait pas bouclé sa ceinture de sécurité, elle fut projetée à travers le pare-brise. Elle subit de multiples fractures et fut complètement défigurée. Même Patrice eut de la difficulté à la reconnaître.

Suzanne se rendit rapidement compte que Patrice éprouvait du dédain en sa présence, lui qui l'avait si passionnément aimée. Elle se désespérait et pleurait souvent. Alors, Patrice la prenait dans ses bras en lui murmurant à l'oreille que tout allait s'arranger, qu'au fond elle était restée la même Suzanne, qu'il allait s'habituer à sa nouvelle apparence. Mais les deux amoureux savaient que plus rien ne serait pareil.

Suzanne prit une décision sans même le consulter. Elle irait en Californie quelque temps. Elle en profiterait pour visiter sa sœur qu'elle n'avait pas vue depuis des années. Elle voulait y aller seule… pour s'évader.

L'absence dura des mois. Patrice se consolait dans les bras d'autres femmes. Soudain, un soir, Suzanne se pointa à la porte. Il n'en croyait pas ses yeux : il avait devant lui la Suzanne des beaux jours, d'avant l'accident. Une Suzanne dont la beauté étincelait. Incrédule, Patrice se frottait les yeux comme le fait un enfant qui s'extirpe d'un long sommeil.

– Surprise, mon amour ! lui lança Suzanne, qui se tenait debout dans l'embrasure de la porte.

Patrice restait figé, éberlué.

– J'ai utilisé un subterfuge, Patrice. Je n'étais pas partie en Californie, mais à Boston pour subir une chirurgie plastique.

– Alors, c'est vrai ? Ce n'est pas le fruit de mon imagination ?

– Non, ce n'est pas un mirage, c'est moi, la nouvelle Suzanne.

Ils s'enlacèrent tendrement, et Patrice eut l'impression que tout redeviendrait comme avant. Il avait envie de la sentir près de lui, de respirer son parfum fruité. Ils firent l'amour avec passion.

Ils vécurent une seconde lune de miel. Pendant un an, tout alla bien jusqu'au jour où Suzanne fit part de son désir d'avoir un enfant. Patrice s'y opposa farouchement, prétextant avoir besoin de sérénité après les souffrances qui l'avaient affligé. Ses paroles sifflèrent comme un coup de fouet :

– Tu ferais mieux d'oublier cela tout de suite, parce que nous n'aurons pas d'enfant ! Jamais !

Ces mots frappèrent Suzanne en plein cœur. Elle se mit à détester son mari autant qu'elle-même s'était détestée en voyant son visage après l'accident. À le détester autant qu'elle l'avait aimé. Elle quitta la maison, des larmes de rage roulant sur ses joues.

Cependant, incapable de vivre sans lui, elle revint quelques jours plus tard. Elle se dit que jamais elle n'arriverait à vivre seule. Mais l'idée d'avoir un enfant l'habitait toujours. Ce n'était pas un caprice, mais un besoin viscéral. Chaque fois qu'elle en parlait à Patrice, cette idée déclenchait des disputes homériques. Alors, pour tenter de diluer son mal, elle se mit à boire, de plus en plus. De son côté, Patrice espérait qu'elle renonce à son projet.

Au bout de quelques semaines, Suzanne semblait plus heureuse, plus détendue. Patrice remarqua que sa femme prenait de l'embonpoint, mais il mit cela sur le compte de l'alcool.

Un jour, un message sur le répondeur le fit tressaillir. C'était la secrétaire d'un gynécologue qui confirmait le rendez-vous de Suzanne pour le lendemain. Bouleversé, il la questionna sur un ton agacé. Sa réponse le secoua :

— Je suis enceinte, Patrice. Ton enfant grandit en moi.

Outré, Patrice quitta la maison en claquant la porte. Il devait s'éloigner... pour réfléchir.

🔑

Ah ! si Suzanne l'avait écouté et n'avait pas décidé de garder son enfant, il ne serait pas assis à la fenêtre de sa chambre à regarder un cercueil descendre les marches du parvis de l'église.

« Je te téléphonerai si j'ai besoin de m'évader de ma vie », lui avait-elle dit lors de leur première rencontre.

Suzanne ne savait pas alors à quel point Patrice répondrait à ses attentes...

Capitulation

Virginie Pesant

LES IMAGES QUE J'AI DE TOI, Carolyne, me hantent. Je revois ta grande détermination et tes yeux curieux. Je peux encore entendre l'intonation de ta voix et tes répliques, toutes tes répliques savoureuses. Mais c'était il y a longtemps, un automne déjà.

C'était hier et pourtant…

Tu me diras, Carolyne, que les temps ont changé. Et tu as raison. Tu es merveilleuse. Tout le monde sait qui tu es, mais personne ne peut prétendre te connaître autant que moi. Tu n'es ni une virtuose ni une athlète exceptionnelle. Tu es, tout simplement. La première, la meilleure, la fierté de ta mère, le trophée de ton père. Tout semble tellement facile pour toi. Sans efforts apparents, tu as su prendre une place très enviée dans la vie sociale de l'école. Une fille engagée, naturelle et sûre d'elle-même. Tu n'as jamais prétendu être parfaite, mais tu sais être têtue. Quand tu avais un point de vue à débattre, tu n'en démordais jamais. Une vraie tigresse.

Dès que tu entrais dans une pièce, comme une apparition mythique, l'aura que tu projetais t'illuminait à un point tel qu'à tes côtés, les autres semblaient inexistants. Tu arrivais, et le silence s'imposait. Ton auditoire était toujours prêt à recevoir, comme un cadeau, les quelques mots que tu voulais bien lui adresser.

Bien sûr, il y avait les garçons. Ils épiaient tes sourires, buvaient tes paroles. Ils n'étaient pas ces Adonis sans cervelle qui se prennent pour des vedettes pop. Ils étaient beaux, talentueux, intellos, artistes ou anticonformistes. Ils croyaient tous t'aimer.

Te souviens-tu, Carolyne, de ce poète mystérieux qui t'écrivait chaque jour une nouvelle ode ? Et ce pianiste fou qui t'offrait chaque semaine un menuet de son cru ? Tu appréciais leur présence ainsi que tous leurs petits gestes destinés à atteindre ton cœur. Astucieuse, tu leur signifiais ton indifférence pour éviter qu'ils ne souffrent trop. L'amour, le vrai, tu ne l'avais pas encore rencontré.

C'est alors qu'Il est arrivé. Se nommait-il Walter, Frédéric ou William ? Je ne m'en souviens plus, mais je me rappelle son délicieux sourire. Il s'était invité dans ta vie, venant de nulle part. Un sculpteur, un philosophe, un poète de l'infini. Chaque pièce qu'il modelait

était une œuvre d'art et dès qu'elle était ter-
minée, il en brisait l'argile humide et recom-
mençait parce qu'une nouvelle idée avait
germé dans sa tête.

Ce garçon-là était fou de toi.

La vie te souriait. Les cours reprenaient
après deux merveilleux mois de vacances. Tu
resplendissais de bonheur.

Brusquement, le cours de ta vie a changé.
Carolyne, explique-moi ce qui est arrivé. Je
veux te comprendre, je veux t'aider. Tu étais
au sommet. Puis, sans signe avant-coureur, tu
as plongé dans un gouffre sans fond. Tu n'as
même pas résisté ni essayé de fuir. On aurait
dit que tu voulais mourir. Est-ce que c'est
vraiment ça, Carolyne ? J'ai de la difficulté à y
croire…

Avant, tu menais à terme tous tes projets.
Entre autres, tu avais mis sur pied un nouveau
comité pour promouvoir les droits des
femmes dans le monde et, comble de bonheur,
tu étais tombée amoureuse. Mais, soudain,
ton attitude s'est modifiée complètement. Tu
semblais anxieuse chaque fois que tu devais
prendre la parole devant des gens, même
lorsqu'il s'agissait d'une allocution sans importance. Tu parlais de moins en moins, tu ne
racontais plus avec enthousiasme tes projets à
tes parents. Pis encore, tu ne prenais plus la
défense des persécutés. Tes amis ne te télé-
phonaient presque plus et tu sortais rarement,
préférant rester cloîtrée dans ta chambre.

Qu'est-ce qui se tramait dans ton esprit ? Tu n'avais jamais passé autant d'heures à réfléchir en silence.

À l'école, tes notes chutaient lamentablement. La réussite te semblait alors une banalité. De toute évidence, tu n'avais jamais retiré une réelle fierté de tes succès. Tu es si douée ! Dans trois ans, tu devrais t'inscrire à l'université. Pourquoi ne t'étais-tu pas efforcée de continuer avec autant d'acharnement ? Tu allais gagner toutes les bourses, rafler tous les prix et mériter les honneurs qui te revenaient après tant d'années d'efforts.

Pourquoi te mettais-tu en colère si souvent ? Les gens qui te côtoyaient ne te reconnaissaient plus. Tout le monde appréhendait le volcan qui naissait en toi. Tes parents demeuraient aveugles à ton mal de vivre et à ton désintéressement. Je ne crois pas que c'était volontaire de leur part, mais ils te considéraient comme un être supérieur et, pour eux, il était impensable que tu sois malheureuse. Ils comblaient tes moindres désirs. Ils t'achetaient des cadeaux à profusion. Tes parents étaient présents en tout temps pour te soutenir et t'encourager dans tes projets. Ils se glorifiaient de tes succès, clamaient fièrement tes victoires.

Aux yeux de tous, ils passaient pour des parents parfaits, soucieux de ta personne comme de la prunelle de leurs yeux. Mais t'aimaient-ils vraiment ? Ou ne voyaient-ils en toi que le petit chien savant que l'on exhibe dans des concours ? Ne cherchais-tu donc jamais à les confronter ? À faire jaillir une parcelle de vérité dans ce tissu de mensonges ?

Côtoyer des gens devenait pour toi un cauchemar. Tu évitais les travaux en équipe, tu refusais systématiquement toutes les invitations. Un jour, je t'ai entendue hurler d'une voix tremblante d'émotion. Qu'est-ce qui avait bien pu te propulser dans un tel état d'hystérie ? Et depuis quand jurais-tu ainsi ? Tu as prononcé, cette journée, des mots qui n'avaient jamais fait partie de ton vocabulaire.

Dès ce moment, j'ai su que ton monde avait basculé. Tu disparaissais aussitôt la fin des cours, et on ne te revoyait plus avant le lendemain. Mais encore fallait-il être attentif. Tu te faisais taciturne et tu te cachais au fond de la classe, toute de noir vêtue. Ce que tu m'inspirais de peur, Carolyne, avec ton air mélancolique ! Où étaient donc passés tes éclats de rire, tes jeux de mots subtils et ton ironie ? Ils ne pouvaient s'être envolés pourtant. Ils avaient toujours fait partie de toi. Et voilà que tu semblais si différente, si distante.

Même ton apparence physique s'était métamorphosée. Tu étais devenue squelettique et ton teint était anémique. Tu semblais malade, et même tes parents s'en étaient rendu compte. Ils t'ont envoyée consulter plusieurs spécialistes. Après tout, tu étais « l'objet » qu'ils chérissaient et ils ne voulaient pas te perdre à cause d'une simple défaillance physique.

J'ai rencontré ton sculpteur l'autre jour. Il avait l'air encore plus mélancolique qu'avant. Pourquoi l'as-tu écarté de ta vie ? Vous sembliez tellement vous aimer tous les deux. Il erre maintenant comme une âme en peine, le cœur brisé.

La vie était devenue un fardeau pour toi. Mais pourquoi avoir choisi d'en finir ainsi ? Tu avais trop peur de la mort pour choisir le suicide.

Il est trop tard, j'en ai peur, mais j'ai compris où tout cela te mènerait. Tu avais choisi de faire mourir ton âme et ton esprit. Dis-moi, Carolyne, que je ne me trompe pas. Tu avais éloigné de toi tous ceux que tu aimais. Tu avais aspiré le vide et, désormais, tu restais seule avec ta solitude. Pourquoi ? Pour en arriver là, il faut décidément être en proie à un grand désespoir.

Serait-ce à cause de la pression que tu t'infligeais pour réussir ? Si tu t'étais confiée à moi, Carolyne, j'aurais pu t'aider, ne serait-ce qu'en t'écoutant. Tu sais, je ne te juge pas. Moi aussi, j'ai eu envie de mourir un jour, pas pour les mêmes raisons que toi, bien sûr. Je ne comprends toujours pas pourquoi tu t'exilais ainsi de la vie.

Enfermée dans ta tour de verre, tu méprisais la bêtise humaine en te disant que tout cela ne te concernait plus. Mais tu avais tort, ta place t'attendait encore. Ton public voulait de nouveau t'acclamer comme une reine. Ne voyais-tu pas le tumulte que ton absence allait provoquer ? Les gens avaient besoin de toi, mais tu les ignorais. Ne voyais-tu pas que tu te faisais encore plus de mal qu'à eux ? Tu avais aussi besoin d'eux et, de te savoir importante, irremplaçable, te faisait un bien incommensurable. L'avais-tu donc oublié ?

Tu sais, Carolyne, je peux me confier à toi. Je t'admets que j'ai peur de ne pas pouvoir être à ta hauteur et que je te comprends maintenant.

Dans ce grand jeu de la vie, tu as décidé de cesser ta course effrénée pour la première place. Tu ne fais pas que passer ton tour, tu ne joueras plus.

Ni demain ni jamais.

Carolyne, je lis l'épuisement dans tes yeux. Qu'es-tu devenue ? Penses-y, toute cette horreur a assez duré. Redeviens comme avant, je t'en prie.

Et moi ? Carolyne. Je sais que je suis terriblement égocentrique en disant cela, mais que vais-je devenir ? J'ai grandi dans ton ombre depuis ma naissance et je ne suis pas prête à un changement aussi brusque. Un enfant parfait par famille, c'est suffisant !

Tu as cessé de jouer, et on me demande de prendre le relais. Pas tout à fait. On m'ordonne de devenir comme toi. La « toi » d'avant. Ton clone parfait. Ou mieux, comme si c'était possible…

Je sais que je ne serai jamais aussi parfaite que toi. Être la petite sœur de la meilleure m'a toujours suffi. Mais voilà qu'on me demande de jouer à l'héroïne. L'échec inévitable me fait peur. Quand je constate où tu en es maintenant, je ne veux pas tenter de te remplacer. Qu'ils trouvent quelqu'un d'autre. Je pars et je ne reviendrai jamais. Moi, j'ai une vie à vivre et une grande sœur qui a besoin d'être aimée, d'être consolée.

Un jour, tu verras, nos chemins se croiseront à nouveau. Mais tu dois d'abord réapprendre à regarder vers le ciel. L'aube approche. Le soleil se lève, la lumière est si belle. Je suis là pour t'aider à lever les yeux. Cette nuit, je vais revenir pour te libérer. Et t'amener vers un matin meilleur. Tu verras comment on se sent quand les rayons du soleil nous câlinent. Tu sentiras à quel point la chaleur te réconfortera.

Accroche-toi, Carolyne, j'arrive.

Baisers amers de Russie

Christelle Tardif

QUI AURAIT CRU qu'un jour, je me serais retrouvée dans un train en partance pour une destination inconnue ?

Je venais tout juste d'assister aux funérailles de mes parents lorsqu'un notaire me remit une lettre m'annonçant mon départ de l'Angleterre pour la Russie, qui allait devenir ma nouvelle patrie. Ce n'était pas ma première occasion de voyager en solitaire mais, cette fois, c'était différent puisque j'étais vraiment seule. Si seule que je ne parvenais plus à réfléchir et que j'avais peur de ce qui m'attendait à la gare d'arrivée.

Les minutes ressemblaient à des heures, les heures à des jours, les jours à des années. Les paysages défilaient sous mes yeux, et il me semblait que je devais porter le poids de la terre sur mes frêles épaules.

En arrivant, je cherchai en vain l'affiche sur laquelle, m'avait-on dit, serait inscrit mon nom. Épuisée, je m'assis sur un banc au milieu de la foule bruyante. Au bout d'une trentaine de minutes, j'aperçus une femme grassouillette qui, par je ne sais quel hasard, me paraissait familière. Elle se dirigea vers moi. Je n'étais pas très certaine si elle me destinait son sourire mais, par politesse, je lui souris à mon tour. Elle tenait dans ses mains un carton jaune sur lequel était écrit en grosses lettres noires : CAMILLIA.

Ma grand-tante Petrouchka, car c'était elle, habitait une maison centenaire qui ne m'inspirait pas confiance. Peut-être était-ce seulement la fatigue du voyage ? Elle me conduisit à l'étage où elle m'indiqua ma chambre. Les murs jaunis par les années me rappelèrent ma souffrance. Le grand lit à baldaquin, installé face à la porte-fenêtre qui menait à un petit balcon, s'harmonisait à merveille avec mon cœur lourd de chagrin. Une commode en bois occupait la moitié du mur du fond. Il y avait même une petite salle de bain pour mon usage personnel.

Ma tante me permit de m'installer à mon aise. Je profitai de ma solitude pour ranger mes vêtements et prendre un bon bain chaud. En sortant, je revêtis un pyjama en coton (je craignais les nuits froides) et je sortis sur le balcon afin d'admirer le paysage. Trop épuisée pour manger, je rentrai, me blottis sous les couvertures et m'endormis aussitôt.

Le lendemain matin, je fus éveillée par des coups de feu. Apeurée, je sautai de mon lit et descendis l'escalier si vite que je tombai presque. Je sortis de la maison à la recherche de ce tireur insolent qui m'avait réveillée en sursaut.

Les coups de feu provenaient de la forêt, près du lac. Bien que court vêtue, je me sentais d'attaque. Une silhouette se dessinait devant moi. Je pris mon courage à deux mains et je m'en approchai résolument. J'ordonnai à l'homme de cesser de tirer. Il m'ignora. Je lui criai de nouveau, mais en vain. Je sursautais à chaque détonation. C'est alors que je me rendis compte qu'il portait un casque anti-bruit ! Il m'aperçut du coin de l'œil. Surpris, il se retourna et m'examina de la tête aux pieds. Il enleva son casque.

J'en profitai pour l'invectiver. C'était comme si l'occasion m'était offerte de déverser mon trop-plein de souffrance. Il attendit que j'eusse fini et me lança avec un sourire :

— Tu dois être Camillia, n'est-ce pas ? La petite orpheline anglaise obligée de déménager en Russie ?

Je restai bouche bée. Il connaissait mon nom ! Il se présenta en s'inclinant légèrement.

— Je m'appelle Vladimir.

Et il se retourna, reprit son tir comme s'il voulait me défier. Je compris alors que je perdais mon temps et je retournai à la maison où Petrouchka était en train de préparer le petit déjeuner. Je lui racontai ma rencontre avec Vladimir. Elle se contenta de sourire.

Plus tard dans la soirée, je demandai à ma tante qui était ce jeune homme.

– Il habite ici depuis que son père est mort en Afghanistan.

– Et sa mère ?

– Elle est morte à sa naissance.

– Dans le fond, on navigue un peu dans le même bateau, lui et moi. Mais dans quelles circonstances est-il venu habiter chez toi ? Un lien de parenté ? Comme moi ?

– En quelque sorte. Son père était le fils de mon défunt mari.

Elle s'interrompit pour sortir un mouchoir de sa poche. Elle essuya les larmes qui glissaient le long de ses joues. Elle reprit d'une voix douce :

– Mon mari a participé à la même guerre et, quand il a appris la mort de son fils, il s'est suicidé après m'avoir écrit une lettre.

Elle se dirigea vers une petite table sur laquelle reposait un coffret rempli de lettres et en retira une qu'elle me tendit d'une main tremblante. Je la lus. Elle était truffée d'excuses et de regrets : les dernières pensées d'un mort. Pourquoi avait-il écrit cette sorte de testament ? Pour mortifier ceux qui la liraient ?

Vladimir vivait la même situation que moi. Lui aussi surnageait dans sa solitude. Heureusement, nous pouvions compter sur Petrouchka. Elle souffrait autant que nous, sinon plus. Quelques mots de la lettre remontèrent à mon esprit :

Je me sentais faible parmi ceux qui étaient forts. Si seulement j'avais autant de courage !

Troublée, je lui rendis la lettre.

— Heureusement, lui dis-je pour la réconforter, Vladimir restera à tes côtés pendant longtemps.

— Vladimir ! Il s'est enrôlé dans l'armée. Il veut se battre pour honorer la mémoire de son père. J'ai essayé de l'en dissuader, mais il est aussi têtu que l'étaient son grand-père et son père. Il a la guerre dans le sang, une espèce de rage, non, plutôt de vengeance, comme si rien d'autre n'avait d'importance à ses yeux. Il part dans deux semaines.

Elle s'imposa le silence pendant de longues minutes, puis m'embrassa sur le front et s'en alla sans rien ajouter.

🔑

Les deux semaines s'écoulèrent très vite. Petrouchka était occupée aux préparatifs du départ. Au fil des jours, mes sentiments à l'égard de Vladimir changèrent. D'abord, ce fut de la curiosité suivie d'une amitié sincère. Il me reprochait souvent d'agir comme une fille de la ville. Parfois, je voulais contre-attaquer mais je me retenais, sachant son départ imminent. Cependant, sa façon de détourner le regard lorsque je le fixais, et son sourire en coin chaque fois que je courais après les corbeaux, le trahissaient. Je compris qu'il m'aimait. Et à mon grand étonnement, il en était de même pour moi.

Son départ m'attrista profondément, autant que la mort de mes parents. Avant de partir, il me serra dans ses bras. Il me fit promettre de m'occuper de Petrouchka pendant son absence et me jura de revenir avant Pâques. Pour sceller sa promesse, il m'embrassa tendrement.

Trois mois plus tard, la guerre éclata. Vladimir ne put revenir pour Pâques comme il me l'avait promis. Quant à Petrouchka, elle sombra dans la maladie. Je l'aidai du mieux que je pus, mais comment guérir l'ennui ? Chaque jour, assise à la fenêtre du salon, elle regardait au loin, dans la crainte de voir arriver les messagers de la mort, ces deux hommes vêtus de noir qui annonçaient aux familles le décès de l'un de leurs proches.

Petrouchka mourut l'été suivant. J'écrivis à Vladimir pour lui annoncer la mauvaise nouvelle. Je m'abstins de lui mentionner qu'elle était morte d'ennui. Je lui rappelai à quel point je l'aimais de tout mon cœur.

Quatre mois passèrent. Un matin, je reçus une missive de Vladimir. J'en retranscris ici le contenu :

Chère Camillia,

J'ai reçu ta lettre. Je te remercie de ton soutien et d'avoir pris soin de Petrouchka pendant mon absence. J'espère que tu vas bien. Tu me manques tellement. Tu habites mes pensées, jour et nuit.

Je rêve souvent que nous sommes tous les deux près du lac où nous allions nous baigner. Je t'enlace et je t'inonde de promesses. Puis, les images s'effacent et le vide me déchire.

Parfois, je pense à cette journée où je t'ai réveillée en sursaut avec mes coups de fusil. Comme j'ai été arrogant envers toi ! Tu ne le méritais pas. Si seulement j'avais pu te dire avant que je t'aimais, je ne serais pas contraint de te l'avouer dans une lettre. Et plus que tout, je regrette de ne pas t'avoir embrassée avant. Mais, vois-tu, j'avais peur que tu ne ressentes rien pour moi. Avais-je tort ? Je ne le saurai jamais. Quand tu te rendras compte que je ne reviendrai pas, ne pleure pas, oublie-moi.

Tu sais, c'est trop difficile de vivre quand les êtres que l'on chérit le plus au monde sont partis pour toujours. Je pense que tu es en mesure de me comprendre. J'envie ta force et ton courage.

Demain, j'irai me battre en première ligne. Demain, j'espère mourir…

Il pleut dehors,
comme dans mon cœur,
je t'aimerai toujours,

Vladimir

Cette lettre ressemblait étrangement à celle que son grand-père avait écrite à Petrouchka avant de mourir. J'allai m'asseoir dans le salon où Vladimir passait ses soirées à rêver de guerre. Je serrai la lettre contre mon cœur. Pourquoi les êtres que j'avais tant aimés m'avaient-ils tous abandonnée ? Mes parents, ma grand-tante Petrouchka et, finalement, Vladimir.

Quel destin cruel !

Et si je m'évadais de mon corps, pourrais-je les retrouver là où ils m'attendent ? Sur cette pensée, je fermai les yeux dans l'espoir de ne jamais les rouvrir.

Les auteures

Josée Hurtubise trouve son évasion dans la lecture et l'écriture. Sa plus grande passion, c'est simplement la vie avec ses petits bonheurs quotidiens. Après avoir complété ses études secondaires à l'école Mont-Bleu, à Hull, Josée prévoit obtenir un diplôme en sciences humaines au cégep de l'Outaouais dans le but d'étudier à l'UQAH au programme d'enseignement au préscolaire.

Miriam Kimpton étudie à l'école secondaire publique De La Salle, à Ottawa. Elle fait partie du centre d'excellence artistique en concentration écriture et création littéraire. La musique et l'écriture la passionnent. Miriam occupe ses temps libres à jouer du piano et de la guitare. Émile Nelligan et Arthur Rimbaud sont ses poètes préférés. Elle n'a pas encore arrêté son choix définitif d'une carrière ou d'une profession puisque les sciences et la littérature l'intéressent également au plus haut point.

Raphaëlle Lalande est passionnée d'art dramatique. Elle aspire à devenir comédienne pour entrer dans la peau de personnages et vivre leurs joies et leurs peines. Élève à l'école secondaire Le Carrefour, à Gatineau, elle projette d'aller continuer ses études à l'École nationale de théâtre. Raphaëlle planifie sa carrière depuis sa tendre enfance.

Mishka Lavigne étudie en cinquième secondaire au programme d'Éducation Internationale de l'école Grande-Rivière, à Aylmer. Comédienne en formation, elle rêve des feux de la rampe. Mishka est amateure de musique, passionnée des arts martiaux et d'écriture créatrice, d'où son objectif de fréquenter le cégep de l'Outaouais, en lettres.

Annick Légaré a dix-sept ans et fréquente l'école secondaire publique De La Salle à Ottawa. Originaire de Montréal, elle a beaucoup voyagé au Canada. Elle aime connaître de nouvelles cultures. Annick désire s'initier à l'apprentissage des langues. Une carrière de journaliste lui sourit, sans négliger l'écriture de romans. Et, pour en apprendre davantage sur notre monde, quoi de mieux que les voyages !

Marie-Ève Ouellette, après avoir complété ses études secondaires à l'école St-Joseph de Hull, fréquente le collège préuniversitaire Nouvelles Frontières. Elle aspire à devenir professeure d'anglais à l'université et auteure professionnelle. Elle aime s'évader dans la danse irlandaise et dans le monde mythique et médiéval.

Virginie Pesant est une élève du programme Éducation Internationale de l'école secondaire de l'Île, à Hull. Depuis plusieurs années, elle se passionne pour les écrits de Werber, de Nelligan et de Süskind. Elle dévore les traités de philosophie, un univers qu'elle a découvert au début de son cours secondaire. Son horaire est truffé d'activités de toutes sortes : le soccer, le bénévolat, l'improvisation et, bien sûr, l'écriture.

Isabelle Sasseville se passionne pour l'écriture et le théâtre. Elle a publié deux nouvelles aux Éditions de l'école secondaire Mont-Bleu. Tout ce qui touche le « paranormal » l'attire, d'où son intérêt pour la prestidigitation. Isabelle se destine à une carrière en théâtre et littérature. Dans sa tête et dans son cœur, des dizaines d'histoires attendent d'éclore en plein jour.

Maria Stefanescu est d'origine roumaine. Elle demeure au Canada depuis huit ans et fréquente l'école De La Salle à Ottawa.

Sensible à tout ce qui touche l'humain, Maria exprime ses émotions par l'écriture, la peinture et la musique. Elle apprécie les petits bonheurs que la vie lui offre et rêve à une carrière en génie, mais laisse la porte ouverte sur d'autres avenues.

Christelle Tardif est native de Rouyn-Noranda et fréquente l'école secondaire De La Salle. Elle adore pratiquer les sports, particulièrement le soccer. Ses intérêts sont variés, mais elle penche davantage vers l'écriture de scénarios. Christelle attend beaucoup de la vie et s'efforce de lui offrir le meilleur d'elle-même.

Les commanditaires

La mise sur pied du Prix littéraire jeunesse Outaouais a été rendue possible grâce à la générosité de nos commanditaires. Nos jeunes auteures remercient de tout cœur les donateurs suivants :

La Ville de Hull ;
La Ville de Gatineau ;
La Fédération des Caisses populaires de l'Ouest du Québec ;
L'Unité régionale de loisir et de sport de l'Outaouais ;
Entreprise Bowater de Gatineau.

Table

Collection « Ado »

1. *Le Secret d'Anca*, roman, Michel Lavoie.
2. *La Maison douleur et autres histoires de peur*, nouvelles réunies par Claude Bolduc, avec Alain Bergeron, Joël Champetier, Michel Lavoie, Francine Pelletier et Daniel Sernine.
3. *La Clairière Bouchard*, roman, Claude Bolduc.
4. *Béquilles noires et flamants roses*, roman, Micheline Gauvin.
5. *La Mission Einstein*, nouvelles, Sophie Martin et Annie Millette, Prix littéraire jeunesse Vents d'Ouest 1996.
6. *Vendredi, 18 heures...*, roman, Michel Lavoie.
7. *Le Maître des goules*, roman, Claude Bolduc.
8. *Le Poids du colis*, roman, Christian Martin.
9. *La Fille d'Arianne*, roman, Michel Lavoie.
10. *Masques*, nouvelles, Marie-Ève Lacasse, Prix littéraire jeunesse Vents d'Ouest 1997; Prix littéraire Le Droit 1998.
11. *La Lettre d'Anca*, roman, Michel Lavoie.
12. *Ah! aimer...*, nouvelles réunies par Michel Lavoie, avec Claude Bolduc, Marie-Andrée Clermont, Dominique Giroux, Robert Soulières.
13. *Dure, dure ma vie!*, roman, Skip Moën.
14. *La Liberté des loups*, roman, Richard Blaimert, Prix Cécile-Gagnon 1998.
15. *Toujours plus haut*, roman, Louis Gosselin.
16. *Le Destin d'Arianne*, roman, Michel Lavoie.
17. *Amélie et la brume*, roman, Jacques Plante.
18. *Laurie*, roman, Danièle Simpson.
19. *Frayeurs d'Halloween*, roman, Anne Prud'homme, Prix littéraire jeunesse Vents d'Ouest 1998.